피학의 노엘
NOEL
the mortal fate
Movement2
falling down
Presented by Masami Molockchi
The original and illust Kanawo

CHARACTERS

대악마 카론

버로우즈와 그 부하의 부추김에 넘어가 노엘이 소환한 악마. 노엘과 함께 복수를 맹세하지만, 그와 버로우즈 사이에는 어떠한 인연이 있는 모양이다.

노엘 체르퀘티

음악 명문가의 딸. 우승을 놓친 피아노 콩쿠르의 배후에 숨겨진 음모를 알게 되어, 버로우즈와 싸우기로 한다.

질리안 리트너

노엘의 친구이자 피아노 라이벌. 열다섯 살. 자택이 폭파되는 등 피해를 입는다. 노엘의 앞에 무사한 모습으로 다시 나타나지만…….

러셀 버로우즈

라프라스 시장. 아직 32세라는 젊은 나이와 뛰어난 수완으로 유명하지만 사실은 라프라스의 어둠을 돈의 힘으로 지배하는 냉철한 남자.

대악마 시저

질리안과 계약한 대악마. 커다란 구속구로 몸이 속박되어 있지만, 월등한 힘으로 카론을 궁지로 몰아넣는다.

오스카 드레셀

노엘과 카론의 앞을 가로막는 마인. 폭탄마 〈보머〉가 된 동생을 갱생시키기 위해, 경관임에도 악마와 계약했다.

NOEL
the mortal fate

피학의 노엘

Movement 2
falling down

저자 / 모로쿠치 마사미
원작 · 일러스트 / 카나오
옮긴이 / 안수지

CONTE

Movement 2

falling down

NTS

피학의 노엘

NOEL
the mortal fate

폭력은 언제나 무서운 것이다.
설령 그것이 정의를 위한 것이라 할지라도.

—프리드리히 폰 실러

Passage 1

표착

드레스가 무겁다. 비린내까지 났다. 바닷물을 먹었기 때문이다.

팔다리가 납덩이처럼 말을 듣지 않았다.

—아아. 그렇지만. 그래.

지금 팔다리가 노엘의 말을 듣지 않는 건 당연했다.

—내 팔다리는 없어졌고. 되돌린 건 왼팔뿐.

아무리 힘을 줘도 양다리는 움직이지 않았다. 왜냐면 이건 실리콘과 금속으로 만들어진 의족이기 때문이었다.

—모래사장……?

노엘은 몸을 꼼짝도 못 하고 얼굴만 움직였다.

주변은 어두웠지만 하늘은 쪽빛이었다. 동이 트기 시작한 것 같았다. 모래사장이 보이고, 바다가 보이고, 그리고…… 자신을 안고 비틀비틀 걷고 있는 새까만 남자의 모습이 모였다.

—당신이 저를 또 구해주셨군요.

살짝 머리가 어질어질했지만, 자신에겐 상처 하나 없다는 것을 금세 깨닫고 노엘은 미안해졌다.

그는 아직 노엘이 의식을 찾았다는 것조차 눈치채지 못했다. 그럴 여유가 전혀 없어 보였다.

이렇게 허억, 허억하고 숨을 헐떡이며 괴로워하는 그를 보는 건 처음이었다.

노엘은 조용히 의족의 연결부에 힘을 넣었다. 의족으로 걷는 건 이제 익숙해졌다. 하지만, 오른쪽 다리가 생각지도 못한 방향으로 움직여 순간 당황했다.

남자의 걸음이 멈췄다.

"……정신이 드나."

"……네."

짧은 대화를 한 후, 그는 다시 걷기 시작했다.

그의 얼굴은 바다와는 정반대 방향에 있는 바위 밭을 향하고 있었다. 아무래도 무작정 걷는 게 아니라 목적지가 있는 듯했다.

목적지를 바라보는 붉은 눈동자.

그리고 그 얼굴은 인간의 것이 아니었다.

검은 새.

흠뻑 젖은 노엘 체르퀘티를 안고 걷는 잔뜩 젖은 남자. 그는 악마였다.

"카론."

그것이 그의 이름이었다.

"저, 제 발로 걸을 수 있어요."

"무리다. 조금 더 기다려라……."

"무리라뇨? 어째서……."

반론하려고 했지만, 오른쪽 다리를 다시 움직여보고 노엘은 겨우 알아차렸다. 오른쪽 의족이 벗겨져 걸려 있었다.

"……죄송해요. 조금만 더…… 신세 질게요……."

"……그래."

천천히 천천히, 비틀거리며 두 사람은 앞으로 나아갔다.

바위 밭에는 동굴이 있었다. 거기에 도착했을 때는 이미 해가 떠오르기 시작했다.

"……다시 여기에…… 오다니……. 제길……."

동굴 안으로 들어선 카론은 노엘을 거의 던지듯 내려놓고 힘없이 바닥에 주저앉았다.

약간 난폭하게 내려놓았지만, 노엘은 불만을 말할 수 없었다. 평소라면 한 마디 정도 항의를 했겠지만, 괴롭게 어깨를 들썩이며 거친 숨을 몰아쉬는 카론을 보면서 자숙해야겠다는 생각이 들었다.

의족의 조정은 기본적으로 카론이 해주었지만, 노엘도 시간이 있을 때마다 연습했다.

언젠가 혼자서 해야 할 때가 올지도 모른다는 생각이 들었기 때문이다.

팔 하나로 조정하는 건 어렵고 꽤 시간이 걸렸지만, 연습이 쓸모없진 않았다.

노엘은 주위를 둘러보았다.

눈이 어둠에 익숙해지자 어두운 동굴 안의 모습도 볼 수 있었다.

소파가 있고, 테이블과 책장에…… TV까지 있었다.

노엘은 카론에게 눈을 돌렸다. 눈을 감은 채 축 늘어져 있었지만 호흡은 상당히 진정된 것 같았다.

"카론. 여긴 대체……?"

"……시가지 뒤쪽이다……."

"아, 그렇군요……. 그럼 라프라스를 빠져나온 건 아니군요."

"……아무리 나라도 그렇게 오래 헤엄칠 수는 없다. 그 높이에서 떨어지면……."

카론이 크게 한숨을 내쉬었다. 하지만 아무리 괴롭게 숨을 쉬어도 그의 검은 부리는 열리지 않았다.

다시 보니 기묘한 것이었다. 하지만 계속 쳐다보는 것도 좀 그래서, 노엘은 그에게서 눈을 돌렸다.

피곤하기야 하지만 노엘은 전혀 상처를 입지 않았다. 이것이 이 찜찜함의 원인일 것이다.

노엘은 자신들에게 무슨 일이 일어났는지를 돌이켜보았다.

라프라스에서 손꼽히는 대기업, 해운회사 아쿠에리어스. 그 본사 빌딩에 침입하여 시장 버로우즈의 약점을 잡으려고 했다.

조금만 더 하면 잡을 수 있었을 것이다. —정말로, 조금만 더.

설마 버로우즈가 대악마를 거느리고 올 줄이야.

게다가 그 대악마는 카론의 힘을 능가할 정도였다.

카론은 거의 한눈에 그 대악마— 시저의 실력을 꿰뚫어 보고 단념했다. 자존심 덩어리 같은 카론이 말이다.

그대로 거기서 시저에게 죽임을 당해도 이상하지 않았을 것이다. 카론은 하늘에 운을 맡기고 아쿠에리어스의 거대한 빌딩 옥상에서 바다를 향해 뛰어내렸다.

노엘은 카론에게 안겨 있었지만 떨어질 때의 충격으로 의식을 잃었다.

아니, 어쩌면 떨어지는 사이에 기절했을지도 모른다. 그 정도의 높이였다.

"모, 몸은 괜찮나요?"

"괜찮다곤 할 수 없지……. 그래도 죽을 정도는 아니다."

노엘은 다시 악마의 튼튼함에 혀를 내둘렀다. 하지만 반대로 생각하면 대체 어떻게 해야 악마는 죽는 걸까 싶었다.

이 카론보다도 강력한 시저 같은 악마는 대체 어떻게 해야…….

갑자기 카론이 동굴 안쪽으로 눈을 돌렸다.

"노엘. TV를 켜봐라. 지금은 조금이라도 정보가 필요해……."

"네? 저 TV 말인가요? 전기는?"

“들어오고 있을 거다. 불을 켜보면 되겠군.”

그 말을 듣고 노엘은 무심코 머리 위를 올려다보았다. 허술한 알전구 하나 매달려 있었다.

일어서서 전구의 스위치를 올렸다.

바닷물로 흠뻑 젖은 드레스의 감촉이 불쾌한 데다가 엄청나게 무거웠다. 부상 당한 카론은 이 몸을 안고 몇 킬로미터나 헤엄친 것이었다.

노엘은 힐끔 카론의 모습을 보았다. 불을 켠 덕에 그의 상태가 어떤지 제대로 알 수 있었다. 상처가 심각했다.

노엘은 아무 말 없이 카론의 바람대로 했다.

TV는 오래된 것이었고 먼지를 뒤집어쓰고 있었다. 스위치를 누르자, 음성과 영상이 흔들렸다. 그래도 마침 뉴스 방송이 나오고 있다는 것은 충분히 알 수 있었다.

뉴스 캐스터가 심각한 얼굴로 원고를 읽은 후, 확하고 녹화영상으로 전환됐다.

화면 가득 비추고 있는 건— 아쿠에리어스 본사 빌딩.

『오늘 새벽, 해운회사 아쿠에리어스 본사 빌딩이 강습 당하는 사건이 발생했습니다. 사내를 경비하던 드론과 경비 시스템이 다수 파괴되었고, 현장 부근에서는 헬리콥터 한 대가 추락하여 불탔습니다.』

바다가 비추어졌다. 헬리콥터의 잔해가 흩어져 있고, 경찰의 것으로 보이는 보트가 몇 대 떠 있었다.

『현장의 감시 카메라 영상으로 보아, 라프라스 경찰은 범인을 노엘 체르퀘티로 단정—.』

"……!"

이어서 화면에 나온 건 틀림없이 노엘의 모습이었다. 게다가 카론까지 정확하게 찍혀있었다. 복도에 있던 감시 카메라 영상을 입수한 것 같았다.

『노엘 체르퀘티 용의자는 며칠 전 개최된 피아노 콩쿠르 다음 날부터 행방불명되어, 부모가 수색 요청을 낸 상태였습니다.』

"……."

『겨우 열다섯 살밖에 되지 않은 소녀는, 악마와 행동을 같이하며 목적불명의 파괴 행위를 한 것으로 보고되었습니다. 이 경찰의 발표에 라프라스 시민은 큰 충격을 받았습니다.』

『—굉장히 예의 바르고 착한 아이였어요. 정말로 믿을 수 없습니다—.』

『—피아노 콩쿠르의 최우수연주자로 확실시 되었지만—.』

『용의자와 악마는 현장에서 도주했습니다. 라프라스 경찰은 체르퀘티 용의자를 지명수배하고, 기동대를 포함하여 600명을 동원하여 수색 중입니다. 현재 이 대사건을 보고 받은 버로우즈 시장의 긴급 기자 회견이 진행되고 있습니다.』

너무나도 자신들에게 불리한 정보가 연이어 나오는 통에, 뉴스를 보던 노엘의 사고는 완전히 멈추고 말았다.

게다가 다음 화면에 나온 건 그 러셀 버로우즈였다.

『시장님, 이번 사건에 대해 어떻게 생각하십니까?!』

『굉장히 참혹한 사건이라고 생각합니다.』

수많은 기자와 카메라 앞에 선 버로우즈는 안경을 쓰고 심각한 얼굴을 하고 있었다.

노엘과 카론 앞에서 보인 얼굴이 그의 본성이지만— 선량한 일반 시민에게는 이 모습이 버로우즈라는 남자의 모든 것이었다.

『어린 그녀가 어째서…… 어떻게 악마와 계약을 한 건지, 그걸 모르겠습니다. 하지만, 이건 용서할 수 있는 행위가 아닙니다. 틀림없는 악마의 소행. 어떠한 이유가 있다 해도, 악마와의 계약은 범죄입니다. 하물며 그 힘을 이용하여 기업에 손해를 끼치다니, 말도 안 되는 일이 벌어졌습니다. 그리고 그녀에게 소환된 악마 또한, 이 라프라스엔 필요 없는 것입니다!』

노엘은 그의 그 표정도, 정의감과 도덕심에 가득 찬 그 언행도 모두 새빨간 거짓말이라는 것을 알았다.

하지만— 그렇기 때문에.

그가 조금 두려워졌다.

『저, 러셀 버로우즈는 이 라프라스를 대표하는 몸으로서, 그녀의 테러 행위에 격한 분노를 느끼는 동시에…… 여러분의 안전을 위해 한시라도 빨리 그녀의 신병을 확보하려 합니다. 그러기 위해, 부디 시민 여러분의 힘을 빌려주십시오. 저희는 악마와 계약한 테러리스트 따위에 굴복해서는 안 됩니다! 함께 라프라스를 지킵시다!』

정말로 연기로는 보이지 않았다.

만약 노엘이 카론을 모르고 정상적인 생활을 보낼 때 이 회견을 봤다면 분명 시장을 믿고 응원했을 것이다.

실제 회견에 있던 지지자들은 박수와 성원을 보냈다. 버로우즈는 카메라 플래시를 받고 있었다. 그는 득의양양한 모습을 보이지 않고 끝까지 심각한 표정을 지켰다.

이 남자는 어디까지 사람을 속일 수 있는 것일까.

"……역시, 이렇게 되었네요. 시장이 실컷 떠드는 게 울화가 치밀지만……."

하지만 노엘이 갖고 있던 버로우즈에 대한 공포는 금세 사라졌다. 〈관저〉나 빌딩 옥상에서 지독하게 농락당한 기억이 되살아나면서 화가 치밀어 올랐다.

"상당한 명연기로군."

벽 쪽에서 카론의 질린 목소리가 들렸다.

“그렇지만, 우릴 찾지는 못한 것 같다. 하아……. 그런대로 쉴 수 있겠군.”

아주 조금이지만, 그의 목소리에 힘이 돌아온 것 같았다. 호흡도 평소대로 돌아왔다. 노엘은 살짝 안심했다.

“그래도, 원래부터 경찰은 적이었지만……, 이젠 맘 편히 밖을 활보할 수 없게 됐군.”

“그렇네요. 이제 정말로 범죄자가 되었어요.”

“어이, 어디서 말하는 거냐?”

“소파 뒤에요.”

“뭐 하는 거지?”

“드, 드레스가 젖어서 기분 나쁘단 말이에요! 거기 가만히 있어요.”

“몇 번이나 말했지만, 악마는 인간 꼬맹이의 몸 같은 것에—.”

“가만히 있으라니까요!!”

“……예, 예.”

노엘은 드레스를 벗고 한쪽 팔로 물기를 짰다. 바닷물이라 미끈미끈하고 기분 나쁜 냄새가 났다.

하지만 카론이 말한 대로 맘 편히 밖을 돌아다니지 못하게 된 지금, 이 젖은 드레스가 유일하게 제대로 된 옷이 될 가능성이 높다.

일단 슬럼의 은신처에 비슷한 드레스와 평상복이 있지만……. 거기까지 무사히 돌아갈 수 있을까.

—샤워하고 싶다. 아니다, 욕조에 몸 담그고 싶어. 그리고 따끈따끈한 까르보나라를 먹고, 디저트로 티라미수를 먹은 후 폭신한 침대에서 자고 싶다.

이전엔 그런 생활을 당연하게 보냈는데.

그 버로우즈 때문에—.

"……."

노엘은 가볍게 고개를 가로저었다.

버로우즈는 밉다. 반드시 복수할 거다.

하지만, 이렇게 된 건 버로우즈 때문만은 아니었다.

동기를 밝힌다면 분명 많은 사람이 「자업자득」이라고 말할 게 틀림없었다.

……비참했다.

자기 편인 카론도 노엘이 계약을 하게 된 이유나 심정에는 동정 따윈 하지 않았다. 익살맞게 『훌륭하다』며 몹시 마음에 들어 했다.

악마의 마음에 들 정도의 욕망을 노엘이 품고 있던 건 분명했다.

악마와의 계약이, 법을 빼놓고 보더라도 『죄』라면— 난, 그 죗값을 받아야 한다.

아직 축축한 드레스를 고쳐 입고, 노엘은 TV의 채널을 바꿨다. 전파가 나쁜지 전혀 나오지 않는 채널도 있었다.

또 다른 눈에 띄는 정보가 없자 노엘은 TV 스위치를 껐다.

정보가 필요하다던 카론도 만족했는지 TV를 끈 것에 달리 불평하지 않았다. 그저 벽에 기댄 채 눈을 감고 있었다.

녹초가 되었다기보다 묵념을 하는 것처럼 보였다.

“카론. 이제 시간도 많으니 말해 주세요. 당신이 뛰어내리기 전에 말했죠. 『살아 있다면 알려 주겠다』고.”

“……뭐를 말이냐?”

“더는 어물쩍 넘어가려고 하지 마세요! 계속 궁금했어요! 당신과 버로우즈 시장은…… 어떤 관계죠?”

카론이 천천히 눈을 떴다.

“……역시 알고 싶나.”

“물론이에요. 아쿠에리어스 옥상에서 시빌라와의 대화……. 시빌라는 마치 당신이 시장과 계약을 맺은 것처럼 말했는걸요. 게다가 당신도 가끔 시장을 익숙하게 『러셀』이라고 불렀잖아요.”

카론은 잠시 잠자코 동굴 안을 조용히 둘러보았다. 원래부터 인간과는 얼굴이 너무 다르기에 어둠 속에서 그의 표정 변화를 읽어내는 건 어려웠다.

무슨 생각을 하고, 무엇을 보는지……. 노엘은 알 수 없었다.

“여기는 과거 내가 활동 거점으로 삼았던 장소다. 네게 소환되기 훨씬 전에……. 이 라프라스에서.”

“역시 이전에 라프라스에서 지낸 적이 있었군요. 어쩐지 잘 아는 것 같았어요."

"찾아보면 과거의 흔적도 나올 거다. 궁금하면 직접 네 손으로 찾아봐라. 네가 말한 대로 시간은 많다. 난 쉬고 싶고, 넌 옷을 말리고 싶은 것 같으니."

"……네. 그렇게 하겠어요. 그런데, 카론."

"뭐냐, 아직도 뭐가 남았나?"

"이왕이면 소파에서 쉬는 건 어때요?

"……."

노엘은 살짝 웃으며 카론에게 왼손을 뻗었다.

카론이 발끈한 얼굴이 되었지만……, 말없이 노엘의 손을 잡고 일어나 먼지투성인 소파에 누웠다.

노엘은 동굴 안을 차분히 조사했다.

로커가 있었지만 안에는 수건 이외에 아무것도 없었다. 셔츠라도 있길 기대했는데.

로커 옆에는 책장이 있었다. 잡지를 포함하여 많은 책이 가득 꽂혀있었다.

불어 들어오는 바닷바람 때문인지 아니면 시간이 흐르며 낡은 건지, 거의 모든 책이 변색하여 빳빳했다.

그래도 꽂힌 책의 공통점은 바로 알 수 있었다.

어느 것이고 정치나 경제에 관련된 책이었다.

잡지는 이 나라의 경제지였고, 거의 매달 산 것 같았다. 그 발행 연도는…… 8년 전.

노엘은 카론을 흘끗 봤다.

악마는 인간 여자의 알몸 따위엔 관심 없다고 했다. 그렇다면 인간 사회의 정계에도 무관심일 가능성이 높다.

이 책들은 확실히 카론이 읽은 것이 아니었다.

노엘은 적당한 책 하나를 빼서 읽어보았지만, 너무 어려워서 무슨 뜻인지 알 수 없었다. 정치도 경제도 자신과는 상관없고 중요한 건 피아노뿐— 이라고 생각하며 보내왔으니까.

하지만 이 책 내용을 이해할 수 없는 게 부끄럽다는 생각이 들진 않았다. 언뜻 보기에도 고도로 전문적인 책이란 느낌이 들었다.

이런 책을 술술 읽을 수 있는 건 평상시 정치나 경제에 밀접한 관계를 지닌 인간 정도일 것이다.

"카론. 여기 있는 이 책들은 당신 것처럼 보이진 않네요."

"……흠. 왜 그렇게 생각하지?"

소파에 누워있던 카론은 그렇게 말하며 느릿하게 몸을 일으켜 노엘을 바라보았다.

품평하듯, 매우 침착한 눈빛이었다.

이 악마에게 시험받고 있다. 노엘은 그렇게 느꼈다.

"전부 정치나 경제에 관련된 책인걸요. 악마인 당신의 소지품이

라기엔 부자연스럽게 너무 한 쪽으로 치우쳐 있어요. 이건…… 버로우즈 시장이 읽었던 거죠? 둘이 여기서 생활을?"

큰 까마귀 머리를 한 악마는 천천히 눈을 깜빡였다.

"그렇다. 네가 말한 대로다."

그리고 조용히 답했다.

"하지만, 당시 **녀석**은 아직 시장은 아니었지만."

"잡지 발행연도는 8년 전이었어요. 그렇다는 건…… 어……."

"분명 스물넷이라고 했었지. 젊지만, 이미 시의원이란 지위를 갖고 있었다."

"그, 그런가요? 시의원이라면 좀 더 나이 많은…… 아저씨나 아주머니란 이미지가 있었어요. 젊을 때부터 권력자였군요."

"……안쪽으로 들어가지."

"네?"

카론이 일어섰다. 노엘의 손을 빌리지도 않고. 걷는 건 평소보다도 느렸지만, 딱히 고통스러워하는 모습은 없었다.

"괜찮나요? 좀 더 쉬는 게……."

"걷지 못할 정도는 아니다. 약한 인간과는 달리 악마는 회복이 빠르다."

"……하아……. 그런가요……."

동굴에 들어올 때는 솔직하게 「괜찮다곤 할 수 없다」고 했었다.

하지만 평소의 오만한 태도로 돌아왔다는 건, 정말로 괜찮아진 것일 거다.

카론은 방의 불을 끄고 안으로 들어갔다. 그 끝에는 낡은 문이 있었다.

문은 안쪽으로 들어가는 통로와 이어져 있었다.

카론이 천장에 매달린 코드를 끌어당겼다. 아무래도 이건 조명 스위치인 듯했다.

전구의 희미한 빛이 통로를 밝혔다.

인위적으로 파낸 터널임이 분명했다. 게다가 기계를 쓰지 않고 수작업으로 파낸 듯 벽도 바닥도 울퉁불퉁했다.

"여기는 옛날에 마피아가 돈과 무기, 밀수품을 숨기기 위한 장소로 사용되었던 곳인 것 같다. 우리가 쓰기 시작했을 땐, 이미 버려져 있었지만 말이다."

통로에는 곰팡이가 핀 나무상자가 여러 개 방치되어 있었다.

그중에는 『탄약』이라고 써진 것도 있었고, 먼지가 쌓여 있었다.

통로는 그렇게 길진 않았고, 하나의 방으로 이어졌다.

그곳은 조금 전에 있었던 방의 배 이상으로 넓었다.

책상 하나와 의자 두 개가 있었다. 지저분하고 여기저기 찢어진 소파도 있었다. 카론은 그 소파에 자리 잡고 앉아 크게 숨을 돌렸다.

"……잠깐 쉬겠다."

"잠깐만요! 안 괜찮으면 솔직하게 말해주세요!"

"피곤한 것뿐이다. 이제 상처는 거의 괜찮아졌다. ……여기를 조사해 보는 것도 좋을 거다. 너에겐 흥미로운 것도 있을 테지."

"……그렇겠네요. 하지만 약속해요. 옛날 얘기를 얼버무리는 건, 이제 그만 하기로."

"흠. 여기까지 와버린 이상 어쩔 수 없겠지."

카론이 눈을 감았다.

아직 그에게 피로가 남아 있는 건 분명했다. 노엘은 그 이상 말을 걸지 않고 방을 조사했다.

여기에도 책장이 있었지만, 조금 전의 방과는 달리 잡지나 책의 장르가 뒤죽박죽이었다. 그 외에도 손때가 묻은 노트와 지도, 서류 다발도 꽂혀있었다. 지도는 전부 라프라스의 것이었다.

방 안쪽에는 찬장이 있었다. 먹을 것은 없었고 술병이 몇 개 놓여 있었다.

어느 것도 브랜디나 위스키 같은 도수가 높은 술뿐이었다. 술병을 들어보니 아직 안에 술이 남은 병이 많았다.

로커나 큰 장에는 의류와 수건이 남아 있었다. 전부 먼지가 올라앉았고 케케묵은 냄새가 났다.

안에는 남성용 실내복으로 보이는 것도 있었다. 젖은 드레스를 입은 채 있는 것보단 곰팡내가 나도, 남성용이라도, 하필이면 그 남자가 입었을지도 모르는 것이라도, 갈아입는 게 낫지 않을까.

어쩔까 고민하며 옷을 만지작거리자, 옷 사이에서 커다란 거미가 떨어졌다.

"히익?!"

"왜 그러냐?"

"아, 아무것도 아니에요! 오호호호!"

이상한 웃음소리는 내며 노엘은 얼버무렸다.

몇 년 동안 거미 시체와 함께 있었을지도 모를 실내복을 입는 건 기각이다. 완전 기각.

노엘은 얼굴을 찌푸리며 장 속에 실내복을 처넣었다.

"얼마나 이곳을 은신처로 삼았었나요?"

"……아마, 1년 정도려나."

"이, 1년이나 이런 곳에서요?"

"나는 몰라도, 버로우즈는 자기 집에서 지낼 때도 있었다. 처음엔 시끄럽던 녀석도 이 환경에는 점점 익숙해졌지. 점점 자기 집보다 여기에서 보내는 시간이 길어졌다."

"잔소리가 심했나요?"

"『벌레가 나온다』느니, 『정장이 구겨진다』느니, 『춥다』느니, 별것도 아닌 불만이 많았던 건 잘 기억하고 있지."

카론은 책장 위를 가리켰다.

“운치가 없다고도 했었다.”

거기에는 조화를 꽂아둔 꽃병이 있었다.

버로우즈도 이런 걸 생각하는 사람이었던 건가, 노엘은 의외라고 생각했다.

조화는 먼지를 뒤집어썼고 색은 완전히 바래있었다.

확실히 방은 8년 동안 아무도 사용하지 않는 것처럼 보였다.

하지만, 신기하게도…… **아직** 사람의 생기가 조금 남아 있는 것 같다. 기묘한 위화감이 신경 쓰여, 노엘은 계속해서 방을 조사했다.

책장의 노트나 지도에 쓴 글은 상당한 양이었다. 하지만, 군데군데 암호나 약칭 같은 것이 사용됐고, 거의 날려 쓴 글자라 읽기 어려웠다.

일기 같은 건 찾지 못했다.

노엘이 알아낸 건, 노트가 어떤 계획에 관한 것이라는 정도.

빈번하게 등장하는 단어는 『백(白)』과 『적(赤)』이었다.

“백(Bianco)에……적(Rosso).”

들어본 적이 있는 조합이었다.

골똘히 생각하며, 다음으로 펼친 노트 속에는 신문을 스크랩한 것이 붙어 있었다.

8년 전 날짜의 기사였다. 시가지와 슬럼의 경계선 근처 구역에서 마피아끼리 총격전이 있었고, 유탄에 선량한 시민이 두 명 희생되었다는 내용이었다.

—그렇군요. 분명 버로우즈에게 제거된 패밀리의 이름은…….

비앙코 패밀리와 롯소 패밀리. 라프라스에는 과거 마피아가 활개를 쳤고, 두 개의 큰 패밀리가 충돌을 되풀이하고 있었다.

라프라스 상류층 지구에서 사건이 일어날 일은 거의 없으므로, 어린 노엘은 전혀 모르는 세계였다. 하지만 그래도 뉴스로 이름 정도는 들어본 적이 있었다.

라프라스의 정치가는 모두 마피아에게 돈으로 매수당했던 듯했다. 하지만 버로우즈가 그런 라프라스를 바꿨다.

2대 패밀리를 몰아내고 시정을 깨끗하게 만들었다. ……그렇게 알려져 있었다.

노엘은 버로우즈의 본성을 알고 있었다. 라프라스의 시정이 정말 깨끗해졌을 리는 없다. 하지만 마피아를 제거한 것은 사실인 모양이다.

"카론. 여기는…… 당신들의 브리핑 룸이었군요?"

"호오. 그렇게 결론을 내렸나?"

노엘의 물음에 카론은 바로 대답했다. 노엘이 이 결론에 도달할지 못 할지, 내기라도 한 것 같은 말투였다.

"중요한 서류는 여기를 나갈 때 처분했다. 남아 있는 건 전부 실패작이다."

"버로우즈 시장이라면 마피아를 끌어안고 갈 것 같은데, 제거했다는 건 진짜였군요. 정면 돌파로는 싸워도 이길 수 없으니, 지도를 읽으며 지리적 이점을 얻으려고 했고……."

"그래. 우린 단 두 명이었으니 어쩔 수 없었다."

"……버로우즈 시장은 마피아와 싸우기 위해서 당신과 계약을?"

"……."

카론은 천천히 일어섰다.

지긋이 실내를 둘러본 후, 그는 술병이 늘어선 찬장으로 가, 브랜디 한 병을 손에 쥐었다.

"이 『마의 약』을 함께 마시며 계략을 짰었다. 녀석은 약했기 때문에 굉장히 신중했다. 마음을 터놓고 얘기하는 데도, 대담하게 만드는 데도 굉장히 도움이 되었지."

카론은 술병의 뚜껑을 열고 살짝 술 냄새를 맡았다.

당장에라도 병 채로 마실 것 같은 분위기였지만, 그는 다시 뚜껑을 닫고 술병을 찬장에 돌려놓았다.

"……이 장소, 계획서에, 술까지……. 생각나는 군, 녀석과 분투하던 날들이. 녀석의 목적은 마피아 소탕이 아니었다. 그건 어디까지나 수단에 지나지 않았다."

그리운 듯 혼잣말을 한 후 카론은 노엘의 곁으로 걸어와 조용히 내려다보았다.

그 호흡은 안정되어 있었고, 붉은 눈빛도 평소와 같이 돌아와 있었다.

"내가……. 내가 그 남자를 괴물로 바꿨다."

NOEL the mortal fate

Movement2 - falling down

Passage 2

인연

라프라스의 바다에선 조용히 미풍이 불었다.

고요한 밤이었다.

하지만 그때.

별은 숨었다.

바람이 멈추었다.

바다 냄새가 말라붙고 공기에서 흘러내렸다.

온몸의 솜털이 곤두섰다. 모든 공기가 차가운 정전기를 머금은 듯하다.

시야가 번쩍하고 붉게 번쩍였다.

머릿속에서 울리는 까마귀 소리.

시간조차 멈췄다.

폭풍우의 낙뢰와 똑같은 소리를 내며, 붉은 번개가 마법진 중심에 떨어졌다.

탄 냄새 속에 어렴풋한 피 냄새.

붉은 번개에 눈이 멀어 무심코 감은 눈꺼풀을 들어 올리자—

거기에는—

"대악마 카론. 소환의식에 따라 찾아왔다."

커다란 까마귀와 닮은 머리를 한 악마가 바위 밭에 둘러싸인 모래사장에 우뚝 서 있었다.

그 붉은 두 눈으로 안경을 쓴 젊은 남자를 노려보았다.

악마의 발밑에는 불길한 핏빛의 마법진. 그리고 작은 피 웅덩이.

젊은이는 새파래져 뒷걸음질 쳤다.

"……아, 악마! 엄청나군, 정말로 이런 일이……!"

그의 오른손에는 피가 든 작은 병이 들려 있었다. 그가 금지된 대악마 소환의 의식을 집행한 것은 명백했다.

악마는 눈을 가늘게 뜨고 젊은이를 노려보았다. 그리고 조용하고 예스러운 목소리로 남자에게 물었다.

"남자여. 네가 나를 불렀는가?"

"……그, 그, 그렇다! 내가 널 소환했다!"

살짝 목소리 격앙되어 있었지만, 그는 굉장히 자신 있게 대답했다. 자신보다도 키가 큰 악마의 눈을 확실히 노려보고 있었다.

"즉, 넌 내 말을 들어야 해! 내가…… 네 주인이다!"

남자가 놀란 것은 처음뿐이었고, 이미 그 태도에는 오만함이 나타나기 시작했다. 하지만, 동시에 초조함도 보였다. 힐끔, 악마의 등 뒤를 살폈다.

"내가 네 말을 들어야 한다고?"

악마는 주머니에 손을 찔러 넣은 채 미동도 하지 않고 냉랭한 눈으로 남자를 내려다보았다.

"뭘 착각하는 거지, 인간."

"……?!"

공기조차 두려움에 얼어붙은 듯했다.

악마의 목소리에도 시선에도, 명백한 살기가 있었다.

젊은이는 마른침을 삼키며 자신도 모르게 한 걸음 뒤로 물러섰다.

"소환 당한 대악마가 소환자와 계약을 맺을지 말지…… 그건 악마가 정할 일이다. 난 시시한 소원은 들어주지 않을 것이다."

"뭐, 뭐라고?! 말이 다르잖아! 대악마는 대가와 교환하여 계약자의 사역마가 되는 일기당천[#1]의 괴물이라고 들었다!"

"누구한테 들은 얘기냐, 바보 같은 녀석. 너와 계약을 할지 말지는 내 마음에 달렸다."

"윽……."

"사역마라고? 하찮은 말로 날 모욕할 거라면, 지금 여기서 널

#1 일기당천 한 사람의 기병이 천 사람을 당한다는 뜻으로, 싸우는 능력이 아주 뛰어남을 이르는 말.

갈가리 찢어주마.”

악마가 주머니에서 손을 꺼냈다. 그 손은 어떤 덩치가 큰 남자의 손보다도 크고 날카로운 발톱이 자라있었다.

으름장대로 인간 따위 순식간에 갈가리 찢어버릴 만한 힘이 있는 건 아닐까. 누구나 그렇게 생각하고 공포에 떨 터였다.

젊은이도 부들부들 떨었다. 하지만 그의 공포의 대상은 악마만은 아닌 듯했다.

“그, 그런……. 그, 그럼, **이 상황**을 어떻게 하면…….”

그는 악마의 등 뒤를 보고 그렇게 말했다.

악마는 눈을 가늘게 뜨고 젊은이의 시선을 좇았다. 여러 발소리와 목소리가 가까워지고 있었다.

“어이, 여기 있다!”

굵은 목소리와 우르르 들리는 소란스러운 발소리. 젊은이가 보고 있던 건 바위 밭에 뚫린 동굴이었다.

거기에서 차례로 몇 명의 남자가 모래사장으로 뛰어 들어왔다.

딱 보기에도 「그쪽 사람」으로 보이는 남자들이었다. 전원이 새하얀 정장과 셔츠를 입고 있었다.

총을 든 자도 있었다.

대체로 체격이 좋고 무서울 게 없어 보이는 남자들이었지만, 마법진 중앙에 선 악마를 보자 모두 놀라 걸음을 멈췄다.

“우왁, 이 자식, 악마를?!”

“이런 일에 악마를 숨겨놨던 거냐, 개자식아!”

“아, 네놈도 굉장한 악당 아닌가. 후후후. 시의원이라더니 어처구니가 없군…….”

악마는 얼굴을 찌푸리고 몸을 비틀었다.

안경의 젊은이는 엄청난 속도로 악마의 등 뒤로 숨은 것이다.

“……무슨 **상황**인 거냐, 이건?”

“본 그대로다, 나는 쫓기고 있었다! 바로 악마를 소환할 수 있도록 준비하고, 만약의 상황에는 악마를 써서 극복하려고 했었다! 참고로 지금이 그『만약의 상황』이다!”

“멋대로 날 방패로 쓰지 마라, 인간.”

질 나쁜 사내들이 머릿수로는 이기고 있었지만, 역시 약간 주저하는 모습을 보였다. 완전히 겁먹은 자도 있었다.

“혀, 형님. 역시 악마는 위험합니다……!”

“……이, 이 인원이라면 어떻게든 될 거다! 악마라곤 해도 저렇게 비실하니 별거도 아닐 거다!”

“그…… 그렇네요. 잘 보니 비실비실한 새 머리군…….”

“인간님의 룰이란 걸 가르쳐 주지!”

꿈틀하고 악마가 반응했다.

발톱을 갖춘 손뼈에서 우드득 우드득 소리가 났다.

젊은이가 올려다본 악마의 후두부, 갓털 같은 검은 깃털이 곤두서 있었다.

"……대악마를 보고 『비실비실』……? 그리고 『새 머리』라고……?"

그 목소리는 등 뒤에 숨은 젊은이밖에 들리지 않을 정도로 작은 목소리였다. 하지만 젊은이를 부들부들 떨게 만들 정도로 분노와 살기로 가득 차 있었다.

"인간이여. 네 이야기는 나중에 듣지."

"이, 이 녀석들을 어떻게 해주려는 건가?! ……아니, 그보단 화난 건가?"

악마는 대답하지 않았다.

그 대신 질 나쁜 남자들이 고함을 질렀다.

"죽어라, 까마귀 자식아!!"

잇따라 세 번의 총성이 울렸다. 안경의 젊은이는 반사적으로 몸을 움츠렸지만, **그것**이 보였다.

마치, 차라락하고 금속이 튕기는 것 같았다.

사슬이다.

악마는 검붉은 빛을 띠는 사슬을 사역하고 있었다. 총알보다도 빨랐다.

악마가 조금 손을 움직이자, 그 사슬은 의식을 가진 것처럼 움직이며 새하얀 정장을 입을 남자들의 손에서 총을 떨어뜨렸다.

아니, 떨어뜨린 것만으로는 화가 풀리지 않은 것 같았다.

총을 들었던 두 남자는 동시에 으아악하며 비명을 질렀다. 그리고 오른손을 누르며 모래사장에 뒹굴었다. 아마…… 잘린 것이리라.

모든 이가 순식간에 얼굴이 굳었다. 악마의 등 뒤에 숨었던 소환자까지.

그 찰나에 악마가 움직였다. 인간에겐 불가능한 속도였다.

가장 가까이에 있던 새하얀 정장의 남자 —라고는 하지만, 10m는 족히 떨어져 있었다— 에게 눈 깜짝할 사이에 다가갔다.

그 발톱은 남자의 목을 잡았다.

두둑.

"앗."

소리를 낸 것은 발톱에 목이 잘린 남자 본인이 아니었다. 옆에서 있던 남자였다.

"악, 헉."

검은 발톱에 잘린 목에서 한 박자 늦게 피가 분출했다.

새하얀 정장이 순식간에 피로 물들었고 질 나쁜 남자들의 전의는 사라졌다.

"으악……."

"아아아아아아아아!"

바로 몇 초전에 「죽어」라고 외치던 남자들의 태도가 완전히 바뀌었다. 목이 잘린 남자가 힘없이 쓰러졌을 땐, 전원 동굴을 향해 도망을 치고 있었다.

악마는 아무 말 없이 그들을 쫓았다.

발톱은 새하얀 남자 하나의 등을 갈랐다. 4개의 발톱 자국 안에 척추가 보였다. 감전된 듯 그 남자는 쓰러져 움직이지 못했다.

사슬이 윙윙거렸다.

살이 찢어지고 뼈가 부러지는 소리.

비명과 외침 소리는 점점 적어지고 마침내 사라졌다.

악마가 움직이기 시작한 지 2분도 채 지나지 않아, 순백의 남자들은 모두 아무 소리 없이 쓰러져 있었다.

모래사장은 피로 물들었다.

하지만 악마에겐 신기하게도 피 한 방울 튀지 않았다. 달도 별도 없는 밤하늘을 잘라낸 것처럼 칠흑같이 검은 모습 그대로였다.

"흥, 인간 따위가."

아무 말도 못 하는 남자들을 내려다보며 악마는 낮게 말을 뱉었다. 그리고 줄곧 멍하니 우뚝 서 있던 소환자 쪽을 뒤돌아보았다.

"너도 이렇게 되고 싶지 않다면, 말을 골라 하는 게 좋을 거다. 악마는 작은 일에도 기분이 상하는 법이거든."

"……."

안경의 남자는 얼굴이 창백해졌다. 그렇지만—.

떨지 않았다.

그것을 깨달은 악마는 살짝 눈을 가늘게 떴다.

"자, 소원을 말해보아라, 인간. 내 마음에 들면 대가와 교환하여 이루어주지. 하지만 하찮은 소원이라면…… 내 시간을 쓸모없게 만든 책임을 져야 할 것이다."

"……나는."

젊은이는 입술을 핥으며, 악마의 눈을 똑바로 쏘아보았다.

"나는 이 라프라스의 시의회의원, 러셀 버로우즈다."

이름을 밝힌 그때부터 새파래진 얼굴에 혈색이 돌아왔다.

"난 라프라스의 정점에 서고 싶다. 누구보다도 강하고, 누구도 따를 필요가 없는 인간이 되고 싶어!"

그 말에는 망설임이 없었다. 악마가 인간 남자— 러셀 버로우즈에게 흥미를 느낀 건 확실했다. 악마는 팔짱을 끼고 흠하고 숨소리를 흘렸다.

시의회의원이라면 어엿한 정치가였다. 버로우즈는 20대 중반으로 정치가로서는 꽤나 젊다고 할 수 있었다.

물론 그런 소원을 입 밖으로 내는 건 아직 신출내기이기 때문일 것이다.

쫓겼던 탓에 땀과 먼지투성이에 구겨져 있었지만, 입은 옷은 고급 브랜드의 것이었다.

악마는 품평하듯, 잠시 조용히 버로우즈를 살펴보았다.

"……. 결국, 소원은 권력이라는 건가."

"넌, 만약 내가 그렇게 빈다면 지금 바로 내게 권력을 내려줄 수 있나?"

"식은 죽 먹기다. 하지만, 시시한 소원이군. 그런 소원은 질리도록 들었……."

"잠깐, 내가 바라는 건 그런 게 아니다."

"호오?"

"난 원래 널 사역마로 부릴 생각이었다. 최강의『경호원』를 맞이하려고 했다고."

버로우즈는 주위에 뒹구는 시체나 붉은 피 웅덩이에 흘끗 눈을 돌렸다.

"난 라프라스 정점에 서고 싶어. 그렇지만, 그 결과만 턱하니 바라는 게 아니다."

"뭐? 묘한 말을 하는군. 악마의 계약이란 본래, 귀찮은 수고로움이나 과정을 생략하고 갑자기 돈과 힘을 턱하고 주기 위한 것이다."

"알아. 하지만 난 라프라스 정점에 서기 위해서…… 맞서야 할 벽을, 넘어뜨려야 할 장애를 극복할 힘을 원해. 그렇지 않다면…… 아무 의미가 없다!"

악마는 팔짱을 낀 채, 살짝 고개를 갸웃하고 버로우즈의『연설』을 들었다.

악마조차 관심을 보일 정도의 연설을 펼칠 만큼, 그에겐 확실한 정치가로서의 소질이 있었다.

"난 권력 그 자체를 원하는 게 아니다. 마피아도, 고참 의원도, 나를 애송이라고 얕보는 녀석들 모두, **내 힘으로** 쓰러뜨리고 싶어. 나를 인정하고 두려워하게 만들고 싶단 말이다. 그렇게 하면 권력은 자연스럽게 따라올 거다. 지위만 있고 힘이 없다면 아무 의미가 없어."

"……흠. 즉, 권력을 얻기 위한『무력』을 원한다는 거군. 그렇군."

악마는 붉은 눈을 히쭉 눈웃음을 지으며 휙하고 턱을 들어 올리고, 버로우즈를 내려다보았다.

"틀림없이 마피아에게 꼴사납게 도망치는 남자에겐, 그게 더 어울리겠군."

버로우즈는 화내지도 못하고 순간 꾹하고 말문이 막혔다.

약하다는 건 자각하고 있었고 콤플렉스라고까지 느끼고 있었다.

"그……, 그렇기에 네게 협력을 **부탁하고** 있잖아. 네가 경호원이 돼주지 않는다면, 적어도 내게 뭔가…… 악마 같은『힘』을 내려 줘."

"그 권력…… 아니, 정점의 자리를 포기하면 불량배 놈들에게 쫓길 일도 없겠지. 애초에 너희 같은 인간 사회에선 악마를 소환하는 것 자체가 중대한 범죄가 아닌가? 그래도 넌 악마와 계약하여 안녕한 일상을 버리면서까지 『힘』 원하는가?"

"그렇다."

버로우즈는 강하게 끄덕였다. 하지만 그의 눈은 땅바닥을 노려보고 있었다.

뭔가를 격렬하게 증오하며 단단한 각오를 다진 눈이었다.

안경 속에서 빛나는 그 눈동자는— 황금색이었다.

"마피아 놈들조차 굴복시키지 못하고…… 라프라스 정점에도 설 수 없다면……. 그건 죽은 것과 마찬가지다."

"이해가 안 되는군. 어째서 이렇게까지 『힘』에 집착하지?"

"……글쎄다. 처음 만난 상대에게 그것까지 말할 필요는 없겠지."

어두운 감정에 잠긴 눈이, 험악하게 악마를 향했다.

추격자를 겁내며 악마의 그림자에 숨었던 그때의 한심함은 어디에도 없었다. 스스로 연설에 선동된 듯, 지금은 악마의 의문까지 맞받아쳤다.

악마는 잠시 동안 지그시 버로우즈의 눈을 바라보았고, 이윽고 팔짱을 꼈던 팔을 풀었다.

"좋다. 〈소원〉 그 자체는 나쁘지 않군. 간단하고 평범하지만……. 지금까지 생략시켰던 과정을 최전방에서 바라보는 것도 재밌을 것 같다. 소원대로, 내 힘을 빌려주지."

"저, 정말인가?!"

화악하고 얼굴을 밝힌 버로우즈에게 악마는 검은 손가락 두 개를 들이밀었다.

"단, 조건이 두 개 있다."

"……!"

"하나는, 『너에게 일절 특수능력을 내리지 않는다』이다. 그 나약한 몸 그대로 적과 싸워 봐라. 난 네 소원대로 그저 『경호원』이 되는 거다."

"사, 상관없다. 어차피 처음부터 그럴 생각이었어. 두 번째 조건은 뭐지?"

버로우즈가 묻자 악마는 비열하게 웃었다.

소리도 내지 않고, 높은 곳에서 벌레를 굽어보듯이.

하지만, 어딘지 넋을 잃은 것처럼 눈이 일그러졌다.

인간의 이해를 초월한 감정에 의한 웃음. 다부지게 행동하던 버로우즈도 악마의 그 미소를 보고선 식은땀을 흘렸다.

절대로 변변찮은 조건은 아닐 거다.

"〈대가〉다."

악마의 계약에는 무거운 대가가 수반된다.

대부분 육체의 어딘가를 빼앗긴다. 팔다리나 눈은 당연하고 오감인 경우도 있다고 한다. 영혼 그 자체도 몽땅 사라진다고 알려져 있다. 그래서 한 사람의 인간은 평생 한 번, 많으면 세 번 정도밖에 계약할 수 없다.

하지만 버로우즈는 그런 건 각오한 듯했다.

"알고 있다. 눈이든 팔다리든 뭐든 가져가……."

"그런 건 필요 없다. 계약에서 〈대가〉를 정하는 건 악마다. 난…… 적당한 〈대가〉가 떠올랐다……."

당장이라도 큰소리로 웃음이 터져 나올 것 같다.

황홀감에 젖은 악마의 속삭임이 버로우즈에게 쏟아졌다.

"넌 권력을 원하는 게 아니라고 했다. 그렇다면 이 계약은 네가 라프라스 시장이 될 때까지다. 그 순간을 기점으로 계약은 만료한다. 그 후 네 인생을 〈대가〉로 받겠다. **시장이 된 순간, 넌 파멸한다.**"

"윽……!"

"결국, 넌 파멸하기 위해 목숨을 걸고 싸우게 될 거다. ……쿠쿠쿡. 아아, 이 얼마나 멋진 모순인가……. 크크크크큭."

"……."

"이 조건을 받아들일 수 있다면 계약성립이다. ……어떠냐? 네 말이 진실이라면 그래도 상관없을 것 같다만?"

크크크크큭.

크크크크크큭…….

낮고 예스러운 목소리의 속삭임.

열리지 않는 부리 속에서 구르는 비웃음 소리.

"……이…… 악마 자식……."

버로우즈는 입술을 깨물고 주먹을 쥐며 식은땀을 뚝뚝 모래 위로 흘렸다.

"나, 난……."

길고, 긴 침묵.

별은 서서히 소리도 없이 움직였다.

악마는 히죽이며 기다렸다. 얼마든지 기다릴 요량이다.

왜냐하면—.

"……알았다."

버로우즈가 그렇게 대답할 거라 확신했기 때문이다.

젊은 시의원이, 대답을 쥐어 짜낸 순간.

라프라스의 한구석, 해변에서 공기가 반전했다.

버로우즈의 머릿속에서 불길한 종소리가 울려 퍼졌다.

대악마는 엄숙하게 고했다.

"좋다, 이 대악마 카론은 네 소원을 들어주었다."

그로부터 젊은 시의원과 악마의 분투의 날들이 시작되었다.

버로우즈에게 비교적 명확한 미래의 비전이 있었다.

카론은 무력적인 도움뿐만 아니라 점차 그의 계획에 조언하게 되었다.

원래 카론은 무투파가 아니었다. 뒤에서 살금살금 조용히 계략을 쌓는 게 더 성미에 맞았던 것이다.

버로우즈를 쫓는 마피아를『이용』하라고 부추긴 것도 카론이었다.

우선 마피아와 연결된 시의회의원을 리스트 업하여, 가장 친밀한 관계를 구축한 자를 암살했다.

정보를 얻기 위해 마피아 간부를 납치하고 고문했다. 게다가 그의 가족과 친구를 인질로 삼았다.

모두 카론의 조언이었다.

카론이 말하지 않았다면, 버로우즈는 의원을 병원에 보내는 것 정도의 일로도 망설였을 것이고, 간부 관계자를 인질로 삼지도 않았을 것이다.

마피아 간부에게서 마약의 은닉 장소까지 알아냈다. 일정 부분을 팔아 군자금으로 쓰고, 나머지는 경찰에게 밀고하여 생색을 내기까지 했다.

목돈이 굴러들어오고 난 후부터는 모든 게 척척 순조롭게 진행되었다.

인간은 돈만 찔러주면 어떻게든 움직이게 할 수 있다.「얼마를 줘도 움직이지 않겠다」는 인간은 이 세상 어디에도 없다. 만약 그런 녀석이 있다면— 조금 귀찮아질 뿐이다. 죽여 버리도록.

모든 건, 전부 카론의 속삭임이 그렇게 만들었다.

악마의 소환이라는 대죄를 범하기 전까지는, 버로우즈는 누군가에게 푼돈이나 쥐어줄 정도의 인간이었다. 하지만 이런저런 일을 겪는 사이에 살인조차 불사하는 남자가 되었다.

원래 청렴결백한 인간까지는 아니었지만, 그 변모가— **타락**이 카론에겐 너무 재밌어서 어쩔 줄 몰랐다.

"오늘까지 여러 악행에 손을 댔지만, 솔직히 말해서 아직까지 실감이 안 나."

어느 특별한 밤의 일.

조용히 술을 홀짝이던 버로우즈가 갑자기 그런 말을 중얼거렸다.

"실감이 없는 건 아무에게도 의심받지 않기 때문이다."

카론이 말했다.

계약에 근거하여, 악마의 초현실적인 힘을 써서 도망과 은폐를 도운 적은 단 한 번도 없었다. 약간의 조언을 속삭이면, 나머진 버로우즈 자신이 직접 했다.

"……그것도 다 네 덕이야, 카론."

하지만 버로우즈는 카론의 도움에 감사하는 듯했다.

"아무에게도 의심받지 않고, 두려워하지 않을 수 있게 됐어. 네가 하는 말은 무섭지만, 결과는 확실해. 그때마다 난 아직 물렀다고 뼈저리게 느껴."

"그렇다, 러셀. 넌 물렀어. 여자도 아이도 전부 죽이겠다는 기개로 가라."

"……그래야겠지."

생각에 잠긴 얼굴로 버로우즈는 다시 침묵했다. 크크큭. 카론은 부리 속으로 웃으며, 버로우즈 앞에 놓인 싸구려 위스키 병을 집어 들었다. 그리고 선반에서 가장 센 술을 가져왔다. 가장 도수가 높은 술인 브랜디였다.

"좀 더 취해라. 방해되는 이성은 버려."

"카론……."

"솔직히 여기까지 오리라곤 생각도 못 했다. 넌 잘 해주고 있어. 피로 물든 라프라스의 독재자 자리는 이제 코앞이다."

브랜디 병을 만지작거리며 버로우즈는 발끈한 얼굴로 카론을 바라보았다.

"기분 나쁜 소리 하지 마. 내가 원하는 건 독재자의 자리가 아냐. 누구도 따르지 않아도 되는 힘이야. 몇 번을 말해야 알겠어?"

"내가 보기엔 어느 쪽도 다 똑같다. ……너라는 녀석은 그 얘기만 나오면 꼭 예민해지는군?"

"좀 내버려 둬, 파트너. 내 고집이라고 생각해도 좋다."

버로우즈는 병을 테이블에 두었다. 살짝 힘이 들어갔는지 큰 소리가 났다.

“다음이…… 내일이…… 마지막인가…….”

“그래, 그렇다.”

그래, 이날은 특별한 밤.

내일 라프라스 정점에 최후의 일격을 가한다.

두 사람은 그렇게 생각하며 브리핑 룸에 있었다.

내일 작전이 성공하면 러셀 버로우즈가 차기 시장으로 뽑히는 건 확실했다.

“내가 항상 옆에서 지시를 내릴 순 없다. 무슨 말인지 알겠나?”

“그래, 내가 그 자리, 자리마다…… 악마가 될 거다.”

카론의 붉은 눈이 천천히, 천천히 초승달 모양으로 구부러졌다. 그것을 올려다본 버로우즈는 살짝 불쾌한 듯 눈살을 찌푸렸다.

“하지만 역시 넌 악마야. 마지막의 마지막에 내게 **이런 일**을 시키려고 하다니 말이야.”

“크큭……. 정말로 할 수 있겠나?”

“어, 할 수 있어. 난 이 계획을 완성 시킬 거다. 네가 말할 것도 없이, 내겐 피할 수 없는 시련이야.”

“흠……. 진심인가. 추궁할 생각은 없지만, 역시 모르겠군. 무엇이 널 이렇게까지 내모는 거지?”

“끈질기군, 추궁할 생각 없다면 묻지 마. 너에게도 말하고 싶지 않은 게 있다. 대체 방해되는 이성은 버리라고 말한 게 누구였지?”

"나와 계약한 인간 중에서 이렇게까지 제 살을 깎는 녀석은 처음이다. 뭔가 뿌리 깊은 야망을 지닌 것 같군."

"……."

"네 입으로 진실을 들을 수 없는 건 아쉽지만, 난 네게 흥미가 일었다. 시장으로서『파멸』하기 전에 죽지 않도록 해라."

"그렇다면 내일도 지금까지처럼 부탁한다."

"그럼 이 기세로 한 잔 마시지. 역시 이 브랜디는 따야겠군."

"이런……. 내일까지 술기운이 있으면 큰일이라고……."

카론은 자신의 컵을 두고, 뚜껑을 열어 마의 약을 찰랑거릴 만큼 따랐다.

골똘히 생각하던 버로우즈도 건배를 할 때쯤엔— 웃고 있었다.

라프라스 센트럴 호텔.

그날 거기에는 비앙코 패밀리와 롯소 패밀리의 보스와 주요 간부가 회합을 위해 모였다.

그뿐만이 아니다. 현 라프라스 시장도 있었다.

오랫동안 지속된 패밀리끼리의 항쟁에 일단 마침표를 찍기 위함이었다.『휴전』을 공식적으로 선언하고 시장이 그 증인이 된다.

누구나 생각할 것이다. 괜찮을까 하고.

그렇다, 물론 괜찮을 리가 없다. 이 회합은 계획된 것이었다.

두 명의 악마의 손으로.

버로우즈와 카론은 날이 밝기 전부터 라프라스 센트럴 호텔에 잠입해 있었다. 돈을 뿌려 미리 설치해 둔 도청기와 소형카메라로 상황을 전부 실시간으로 파악했다.

카론이라면 몰라도, 상당히 작은 방 한구석에서, 미동도 하지 않고 몇 시간째 숨을 죽인다는 건, 버로우즈에겐 가혹하기 그지 없었다.

하지만 그는 불평 한마디 하지 않았다. 극한까지 집중한 것을 옆에서도 잘 알 수 있었다.

오전 중에 비앙코와 롯소의 보스가 호텔에 들어왔다. 마지막에 나타난 건 라프라스 시장이었다.

"흥, 도망치지도 않고 나타난 건가……."

"자존심만 높은 녀석이니까. 마피아에게 얕보이는 것도, 시민들의 평가가 떨어지는 것도 참지 못한다는 거겠지."

카메라에 찍힌 영상을 보는 버로우즈의 얼굴은 지독히 무표정했다. 언뜻 신랄한 말도 담담한 어조로 늘어놓았다.

"이 순간을 위해서 꽤 많은 수단을 썼지. 예산도 상당히 오버했어."

"그래도 보상은 그만큼 클 거다."

카론은 히죽 웃었다.

"상당히 **알기 쉬운** 재료다. 선량한 시민의 생활을 위협하는 마피아를 제거한다는 것은 말이다. 어떤 바보라도 너를 지지하게 될 거다."

"어떤 바보라도 인가……. 확실히 그렇긴 하겠지."

버로우즈의 한쪽 볼이 굳어지듯 치켜 올라갔다.

라프라스 2대 마피아를 습격하고 선동하여 정면충돌시킨다. 이 싸움에 휘말린 것처럼 위장하여, 현 시장을 암살한다—.

그 후 버로우즈가 말을 잘 맞춘 경찰과 합류하여 항쟁을 진압한다.

그것이 두 사람이 1년에 걸쳐 쌓아 올린 계획의 피날레였다.

"됐어."

"가볼까."

노트북이 닫히고, 방을 비추던 빛이 사라졌다. 버로우즈는 일어섰다. 총의 슬라이드를 당기면서.

"지금까지 가장 피비린내 나는 미션이 되겠군. 정말로 각오는 되어 있나?"

"못 한다면 여기서 죽음뿐이다. ……너야말로 괜찮나? 악마라고는 해도 무적이 아니란 건 이미 알고 있어."

"……? 설마 날 걱정하는 건가?"

"뭐? 그야 뭐…… 당연하지. **파트너**가 죽어버리면 곤란해."

어두웠지만, 카론에겐 확실히 보였다.

버로우즈는 진심으로 그렇게 말한 듯했다. 그런 얼굴이었다.

"……흠. 인간이 그렇게 간단히 날 쓰러뜨릴 수 없을 거다. 너나 걱정해라, 러셀."

자기도 모르는 새에 카론은 미소를 짓고 있었다.

버로우즈가 어둠 속에서 쏜 총알이 신호탄이 되었다.

훌륭하게 머리를 총으로 쏴, 복도에 쓰러진 마피아 말단의 시체. 그것이 호텔 전체를 혼란에 빠뜨리기까지 그다지 시간은 오래 걸리지 않았다.

원래 두 마피아에겐 원치 않는『화해』였다. 공기는 처음부터 팽팽하게 긴장감이 넘쳤고, 당장에라도 폭발할 것 같이 위태로웠다. 버로우즈와 카론은 거기에 불꽃을 떨어뜨리는 것만으로도 충분했다.

두 사람은 따로 행동했다. 버로우즈는 비앙코를, 카론은 롯소를 선동했다.

어떤 층에 있는 비앙코 패거리를 죽인 뒤,「롯소가 공격했다」고. 버로우즈가 아무도 없는 곳에서 한 마디만 외치면 그걸로 충분했다.

카론은 롯소 측 부하들을 만나면 모두 갈가리 찢어 죽였다. 하지만 일부러 한 명은 도망치게 두었다. 살육 전에 「비앙코와의 계약이다」라고 말하면, 그걸로 충분했다.

그리곤 뜻대로 호텔 안은 총알로 난무하게 되었다.

두 사람이 합류한 건 호텔 객실 906호실 앞이었다.

버로우즈는 유탄으로 찰과상을 입었지만 전혀 아픔을 느끼지 않는 듯, 얼어붙은 무표정이었다.

비명과 총성은 아래층에서 들렸다.

906호실을 경비하던 남자들은 모두 목이 날카로운 발톱으로 찢겨 쓰러져 있었다.

카론은…… 문 옆 벽에 기대어 팔짱을 끼고 있었다.

"……왔나, 러셀. 진척은?"

"진에게 이미 연락을 해 뒀어. 15분 뒤엔 경찰이 들이닥칠 거야.""

"15분인가. 그렇군."

"……뭐가 이상한가?"

"응? ……내가 웃고 있던가?"

"그래."

"준비는 해 두었다."

카론은 턱을 치켜올렸다. 버로우즈는 906호실 문을 열었다.

대기실로 배정된 스위트 룸. 그 중앙엔 5~60대로 보이는 남자가 쓰러져 있었다.

현 라프라스 시장— 에럴드 버로우즈.

“일부러 기절시킨 건가.”

“네 각오를 보여주길 바라서 말이지.”

“……흠. 그런가.”

버로우즈가 내려다본 것은 아버지였다.

이제부터 죽이려는 사람은…… 그의 아버지였다.

“뭐, 난리 치면 곤란한 것도 있고……. 의식을 없앤 건, 적어도 너에 대한 자비도 있다.”

“자비?”

“시간을 얼마든지 써도 좋다. 하지만 네가 죽여라. 넌 어젯밤, 이건 내가 말하지 않아도 피할 수 없는 시련이라고 했지. 그렇다면 그 시련을 뛰어넘어 봐라. 네 야망의 깊이를 증명해 봐라……!”

크크크크큭.

크크크크크큭…….

악마는 붉은 눈을 일그러뜨리며 한 남자를 내려다보았다.

피와 땀으로 얼룩진 정장을 입고 한 손엔 권총을 축 늘어뜨린, 자신의 아버지를 내려다보는 남자.

그건— 갈등이나 당황을 기대한 악마의 비웃음이 틀림없었다.

하지만.

“이봐, 카론. 아마 너와 내 생각엔 차이가 있는 것 같군.”

버로우즈는 냉랭한 목소리로 악마에게 말을 걸었다.

"그러니까 넌, 내게 시장의 자리를 주기 위한 시련으로『그 지위와 부모의 목숨을 저울질하라』고 말하고 싶은 거지? 하지만 난……. 안타깝게도 그렇게 생각하지 않아. 이 사람이 부모든 시장이든, 아무래도 상관없어. 중요한 건 이 사람이『에럴드 버로우즈』란 거다."

"……뭐?"

"내게 이 남자는 커다란 족쇄다. 그 이상의 감정은 아주 옛날부터 없었어. ……이 방아쇠를 당기면, 나를 얽매던 모든 것이 무너져내려. 지금 내 앞에 있는 건 그런 **고양감**뿐이라고……!"

버로우즈는 총구를 아버지에게 겨누었다.

"그러니까 할 수 있다."

에럴드 버로우즈가 움찔거렸다.

카론은 미동조차 하지 않았다— 할 수 없었다.

"내겐 간단히 할 수 있는 일이다."

에럴드는 완전히 의식을 되찾고 느릿느릿 고개를 들었다.

"이 방아쇠만 당기면."

그리고 총구를 자신에게 겨눈 아들의 얼굴을 보았을 터였다.

"그것만으로, 내가 원하던 것이 이루어질 거다……!!"

웃으며 방아쇠를 당기는 순간도 봤을 것이다.

한 발의 총성.

카론이 인간에게 놀라 숨이 막힌 건 그때가 처음이었다.

러셀 버로우즈는 아버지를 총살하고 목소리 높여 웃었다. 그는 갈등하는 모습 따위 조금도 보이지 않았다. 고양감마저 느껴진다는 그 말은 허세가 아니었다.

"끝났다……. 끝났다고! 이걸로 난 이제 누구도 따르지 않아도 된다……. 크큭……, 후하하하하! 난 악마와 계약하여 이루어냈다! 하하하하하하!"

906호실이 있는 층에선 총격전도 일어나지 않았다. 버로우즈의, 지독하게 건조한 웃음소리가 섬뜩할 정도로 은은하게 울려 퍼졌다.

"……해치우다니……. 이렇게나 쉽게……."

카론은 에럴드의 시체를 내려다보며 부리 속으로 중얼거렸다.

에럴드는 가까운 거리에서 이마 정중앙을 총에 맞았다. 그의 후두부에는 커다란 검붉은 구멍이 뚫려있었다.

호사스러운 스위트 룸 여기저기에 피와 뇌수와 뼛조각들이 사방에 튀었다.

카론은 버로우즈의 갈등이나 고뇌를 보고 싶어서, 이 자리를 마련했다. 최종적으로 버로우즈는 이 『시련』을 극복하리라 생각은 했지만— 솔직히 말해서, 카론이 예상하지 못한 전개였다.

버로우즈와 그의 가정사에 관해서 얘기한 적은 단 한 번도 없었다. 카론도 흥미가 없었고, 지금 생각해보면 버로우즈는 개인적인 얘기를 하는 걸 피했다.

악마에게 가족이란 개념은 없었다. 그래도 인간에게 부모를 죽이는 게 금기라는 정도는 카론도 잘 알고 있었다.

대체 얼마나 열악한 부자 관계여야, 이렇게 손쉽게 금기를 범할 수 있는 것인가.

한바탕 웃고 또 웃고 질릴 때까지 웃은 후, 버로우즈는 에럴드의 곁에 권총을 던져버렸다.

버로우즈는 장갑을 끼고 있었고 권총은 이전에 마피아에게서 훔친 것이었다. 총에서 러셀 버로우즈가 결부될 것은 아무것도 없었다.

"방해되는 건 오늘 전부 이 호텔에서 처리했다."

"러셀……."

"……이제야 겨우, 러셀 버로우즈의 인생이 시작되는 거야……."

"뭐……? 도통 무슨 얘긴지 모르겠군."

"난 이 사람에게……."

끝까지 냉철하게 『처리』한 아버지를 버로우즈는 다시 내려다보았다.

그때 처음으로 그의 표정에 강하고 어두운 증오가 떠오는 것이 보였다.

버로우즈는 입을 다물었다.

그리고 결국 그는 그 뒷이야기를 입에 담지 않았다.

"자, 난 이제 갈게. 슬슬 지노도 시작할 거야. 더욱더 소란스러워지겠지."

버로우즈는 금발을 쓸어넘기고, 재빨리 906호실을 빠져나갔다.

계획은 순조로웠고 거의 성공했다고 말할 수 있었다. 러셀 버로우즈가 에럴드 버로우즈의 뒤를 잇는 건 확실했다.

카론은 방을 빠져 나가는 버로우즈를 말없이 배웅했다.

—처음엔 그저 하찮은 놈이라고 생각했는데……. 엄청난 괴물로 성장했군.

이대로 그는 시장이 될 거다.

그리고 카론과의 계약대로— 파멸한다.

그 또한 카론의 바라던 전개이므로, 그에게 있어서도 모든 것이 순조로울 터였다.

유사시에는 살금살금 악마 등 뒤에 숨고, 아지트에선 때때로 거미를 보고 이상한 비명을 지르던 남자는, 괴물이 되었다. 그런 남자가 파멸하는 것이다. 즐거운 게 마땅하다.

……그럴 터였는데. 왠지 카론은 가슴이 술렁거렸다.

죽은 에럴드 버로우즈를 내려다보았다.

의식은 되찾고 아들을 올려다본 그 순간의 표정은……. 카론에겐 잘 보이지 않았다. 순식간에 아들이 총을 쐈기 때문이다.

"……대체 넌 무슨 짓을 한 거지?"

죽은 사람은 말이 없다. 그래도 카론은 무심코 물었다.

"대체 무엇이 너를 그렇게 만드는 것이냐, 러셀……?"

Passage 3

결별

카론의 이야기를 노엘은 묵묵히 들었다.

생각했던 것보다 훨씬 장렬한 과거였다. 하지만…… 계약했다는 것은 어렴풋이 상상했을지도 모른다.

그리고 생각했던 것보다도 상당히 친밀한 사이였다.

"난 처음엔 러셀이 언제까지나 겁쟁이에 무른 남자일 거라고 생각한 적도 있었다. 하지만 실제론 달랐다. 얼마든지 비정해질 수 있는 소질을 가진 남자였다."

"……파멸이 정해진 미래를 위해 부모를 죽이다니……. 제정신이 아니에요. 정말로 대체 왜 그렇게까지……."

"모르겠다. 나에게조차 일절 말하지 않았으니. 마지막까지 안고 갈 생각일지도 모르지."

카론은 허공을 바라보며 한숨을 쉬었다.

아마 호텔에서의 그 사건 이후, 넌지시 버로우즈의 과거에 대해 슬쩍 떠봤을 것이다. 하지만 지금 상황을 보면, 결국 아무것도 알아내지 못한 것 같았다.

"단, 러셀 버로우즈라는 남자를 비뚤어지게 한 건, 틀림없이 나라는 거다. 그건 진실이다."

"그래도, 그걸 즐기는 게 악마잖아요? 당신도 꽤 재미를 본 것 같은데요."

"그렇긴 하지. 녀석이 어떻게 파멸할지, 지금도 상상하면 마음이 설렐 때가 있다."

"정말 악취미네요. ……어라?"

버로우즈와 카론이 계약한 건 8년 전. 여기에서 1년간 잠복과 암약을 반복하며 사악한 계획을 성공시켜, 버로우즈는 라프라스 시장이 되었다.

적어도 그는 6년 이상, 그 자리를 군림하고 있었다.

카론과의 계약은 그가 시장이 된 순간에 종료. 이미 대가를 지불했을 것이다. 하지만, 버로우즈는 지금도 변함없이 〈시민의 자랑〉으로 높은 지지를 받으며 대기업을 상대로 큰돈까지 벌고 있지 않은가.

이를 파멸이라고 부르긴 힘들다. 파멸로 향해 가는 것처럼도 보이지 않는다.

"이상하네요, 카론. 버로우즈 시장과의 계약은…… 〈대가〉는 어떻게 된 거죠?"

"말을 너무 해서 피곤하다. 이동하자."

"네?! 피곤한데 이동한다느니 이상하잖아요. 여기까지 이야기했으면 끝까지 이야기하면 되잖아요! 얼버무리지 좀 마세요!"

"몸 상태가 좋아져서 이동하는 거다. 빨리 와라."

다짜고짜 카론은 방 안쪽을 향해 걸어갔다. 그 발걸음엔 흔들림이 없었다. 체력이 회복됐다는 그의 말은 거짓이 아니었다.

노엘의 옷도 거의 말랐기 때문에 이동하는 것 자체에 이의는 없었다. 하지만 노엘은 중얼중얼 불만을 토로하며 따라갔다.

브리핑 룸은 거친 터널과 연결되어 있어서, 거기를 빠져나가면 황량한 바위 밭으로 나올 수 있었다.

깎아지른 듯한 벼랑이 노엘와 카론을 에워싸고 있었다. 태양은 이미 높이 떠올라 있었다. 눈부심에 노엘은 하나뿐인 눈을 가늘게 떴다. 하지만— 밖이었다. 카론과 버로우즈가 아지트로 쓰던 곳의 공기는 먼지가 많고 음습했었다.

그곳에서 단번에 해방된 노엘은 심호흡을 했다. 기분 탓인지 바다 냄새도 꽤 멀어진 것 같은 느낌이 들었다.

카론은 아무 말도 없이 똑바로 걷고 있었다. ……하지만.

"큰일났군."

가는 길에 암석으로 이루어진 산이 나타나자 카론은 걸음을 멈추었다. 언뜻 보기에 자연적으로 생긴 것처럼 보였다.

하지만 노엘이 카론의 시선을 따라가자, 암석의 건너편에 오래된 돌계단이 있는 게 보였다.

“저 계단이 유일한 길이다.”

“……설마 버로우즈 시장이?”

“아마도. 상당히 거하게 폭발시킨 모양이다.”

러셀 버로우즈가 카론과 함께 1년간 지내던 은신처. 버로우즈가 이곳에 있던 걸 증명할 만한 것은 딱히 없었다. 감식이라도 한다면 모르겠지만, 그래도 그는 조심 또 조심했을 것이다. 아무도 다가오지 못하도록 한 것이다.

“사슬을 걸만한 곳도 없어 보이는군. 벼랑을 기어오르는 수밖에 없나?”

“네?!”

노엘은 귀를 의심했다. 경사도가 거의 90도인 낭떠러지였다. 카론은 몰라도 자신은 아무리 용을 써도 기어오를 수 없을 것 같다.

“잠깐만요. 주변을 좀 살펴봐요.”

“그러지. 뭐라도 남아 있으면 좋으련만. ……그러고 보니 벼랑 위에 비상용 로프를 준비해 놨을 거다.”

노엘은 암석 산을 살펴보았다. 비교적 간단히 해결책을 찾아냈다.

호리호리한 몸의 여자라면 통과할 수 있을 정도의 틈이 바위와 바위 사이에 있었다.

“……정말로 원하는 바는 아니지만, 저라면 기어들어 갈 수 있을 것 같네요.”

"흠."

"이걸로 빚 하나 진 거예요. 이런 곳을 지나가야 하다니……. 옷이……."

"아가씨에겐 대단히 면목 없습니다만, 애벌레처럼 땅바닥을 기어가 주십시오."

"으으윽……."

기어가다 보니 확실히 아직 살짝 젖어있는 드레스가 모래와 흙투성이가 될 것 같았다. 긴 머리칼도 무사하진 않겠지. 그리고 벌레도 있었다. 개미나 쥐며느리, 그리고 다리가 엄청나게 달린 벌레들이 기어 다니고 있었다.

노엘은 필사적으로 암석 아래를 기어갔다. 혹시 무너질 수도 있다는 상상은 하지 않기로 했다. 겨우겨우 빠져나가니 예상대로 드레스도 머리도 엉망이 돼 있었다.

"그, 그런대로 빠져 나왔어요!"

"좋다, 이 부근이 언제 폭파되었는지는 모르겠지만, 지반이 불안정할 가능성이 높다. 발밑을 조심하도록."

바위 건너편에서 카론의 목소리가 들려왔다. 그의 모습이 전혀 보이지 않았다.

노엘은 한쪽 팔로 가능한 한 흙과 모래를 털어내며 벼랑에 만들어진 허술한 돌계단을 올랐다. 언제, 누가 만든 것일까. 유적처럼 부식되어 있었다. 난간도 없어서, 발을 헛디디면 바로 끝장날 높이까지 이어졌다. 외족으론 힘겹게 오를 수밖에 없는 계단이었다.

하지만 카론에게서 재촉하는 말이 들려오진 않았다.

계단을 다 오르자, 간신히 카론의 모습이 보였다. 노엘은 주변을 둘러보았다. 벼랑엔 금속으로 고정된, 튼튼해 보이는 로프가 달려있었다. 그것이 카론이 말한 비상용 로프일 것이다.

그것을 벼랑 아래로 늘어뜨리고 카론이 꽉 쥐었을 때 노엘은 살짝 웃음이 나고 말았다.

"뭐냐, 뭐가 이상한가?"

"후후, 이 구도가 유쾌하네요."

"……뭐?"

"당신에겐 실컷 사슬로 난폭하게 끌어올려지곤 했지요. 하지만 지금은! 제가 위에 있는 입장이군요!"

"무슨 소리냐. 날 끌어올리기라도 하겠다는 건가?"

"아직 몸이 힘들지 않나요?"

"……하아. 그거 참 편해서 좋겠군. 자, 해봐라. 그 가냘픈 한쪽 팔로. 흔쾌히 부탁하겠다."

"말 다 했어요?! 모, 몸을 부딪쳐도 전 몰라요!"

노엘은 로프를 꽉 잡고, 왼팔에 힘을 주었다. 하지만……. 꿈쩍도 하지 않았다. 로프가 바위에 붙어 있기라도 한 것처럼. 아니,

실제로 카론이 그런 장난을 친 건 아닐까 하고 벼랑 아래를 내려다보았지만, 그는 질린 듯한 얼굴로 제대로 매달려 있었다.

"흡…… 윽……!"

"역시나군. 얼른 올라갈 테니 거기서 얌전히 기다려라."

정색하고 진지하게 끌어당겨 보았지만, 괜히 귀중한 팔만 아플 뿐이었다. 허리도 다칠지도 모른다.

굴욕적이었지만, 노엘은 로프에서 손을 떼고 카론이 올라오는 걸 기다렸다.

노엘은 지금까지 카론이 소환하는 검은 사슬에 엄청나게 많은 도움을 받긴 했지만, 아픈 기억도 있었다. 특히 양팔이 없던 때는. 노엘의 몸을 꼼짝도 못 하게 하고는, 높은 곳에 억지로 끌어올리는 건 일상적인 수단이었다.

카론은 「외줄 낚시」라고 말하며 히죽일 때도 있었다.

이번엔 자신이 카론을 낚아 올릴 절호의 기회라고 생각했는데.

—아. 설마. 카론도 날 끌어올릴 때 상당한 힘을 썼던 것일까.

악마와 인간의 완력은 비할 게 아니었다. 애초에 카론은 사슬을 걸어 헬리콥터까지 떨어뜨렸다. 노엘 정도의 체중인 인간을 끌어올리는 건 그리 어렵지 않을지도 모르지만…….

그래도 노엘은 지금까지 끌어 올려줄 때마다 시끄럽게 불만을 토로했는데, 그게 살짝 미안해졌다.

카론은 바로 노엘이 있는 고지까지 올라왔다. 인간이라면 배 이상의 시간이 걸렸을 것이다.

"이런이런, 은신처에서 마을까지 돌아가는데 이렇게까지 고생할 줄이야."

카론은 찌푸린 얼굴로 검은 예복에 묻은 흙을 털어냈다.

"저…… 근데, 이 벼랑, 아직 위로 더 올라가야 할 것 같은데요."

"그래. 아직 중간 지점밖에 오지 않았다. 그래도 이제부터는 발판과 사슬을 걸 데가 있다. 내가 먼저 올라갈 테니 넌 여기서 기다리고 있어라."

"결국 다시 외줄 낚시를 할 생각이군요……. 알았어요."

"응? 왜 그러느냐, 갑자기 순순해졌군. 항상 멍이 든다느니 숙녀의 존엄이 어쩌구……."

"됐으니까! 제 마음이 바뀌기 전에 얼른 먼저 올라가세요!"

"예이, 예이."

카론은 일부러 크게 한숨을 쉬며 벼랑을 올려다보았다.

그는 마치 닌자 같은 움직임을 보였다. 도움닫기도 없이, 손도 쓰지 않고 수 미터의 단차를 휙휙 뛰어넘어갔다. 저긴 그래도 못 뛰겠다 싶었던 단차도, 튀어나온 큰 바위에 사슬을 감아 가볍게 도약했다.

연미복의 옷자락이 날개처럼 휘날리자마자, 카론의 모습은 노엘의 시야에서 사라졌다.

탁하는 소리가 울렸다. 카론이 착지한 모양이다.

후두둑하고 노엘의 머리 위로 모래와 작은 돌이 쏟아졌다.

"큰일이다! 노엘, 거기서 움직이지 마라!"

"헛?!"

언제 이 부근이 폭파되었는진 모른다, 지반이 불안정할지도 모른다. 카론이 조금 전에 걱정한 일이 벌어졌다. 카론이 한 착지의 충격으로, 돌의 표면에 금이 간 것이다.

그리고 바위 덩어리가—.

움직이지 말라는 경고와 관계없이, 너무나 갑작스럽게 생긴 일 때문에 노엘은 경직되고 말았다.

떨어진 암반은 산산이 부서졌다. 흙먼지가 일었다. 작열음이 세 번이나 이어졌다. 그때마다 돌의 파편과 흙먼지가 일어났다. 노엘이 눈을 뜨고 있던 한쪽 눈엔, 흙먼지가 다 들어갔다.

"앗!"

하고 소리 지른 순간 입속으로 돌이 튀어 들어왔다. 하지만 덕분에 경직이 풀렸다. 무심코 한쪽 눈을 감고 숙인 머리에 작은 돌과 바위 파편이 쏟아졌다.

"아야야야야야, 작은 바위들이 쏟아지고 있어요!

"바위에 머리가 짓눌리는 것보단 나을 것 같은데. 아직 그 자세로 있어라."

"어…… 엇, 잠깐만요!"

사슬이 차라락하고 소리가 들리자, 방금 전 바위를 분쇄하던 악마의 사슬이 뱀처럼 노엘의 몸에 감겼다.

그리고.

"흡!"

"꺄아악!"

항상 하던 그거다.

난폭하게 끌어 올려진 노엘은 카론의 발아래까지 『외줄 낚시』 당했다.

"아아아악, 아프다구요! 분명 멍이 생길 거에요, 지금 거는! 평소보다 일부러 더 난폭하게 한 거죠! 일부러 그런 거죠?!

"아직 몸 상태가 완전히 회복되지 않았다. 멍 정도로 끝나면 다행이지 않나?"

카론은 흥하고 한 번 콧방귀를 뀌고, 주머니에 손을 찔러넣은 채 성큼성큼 걷기 시작했다.

그 뒷모습을 째려보며 노엘은 걸어갔다.

걷는 동안 아픔과 흥분이 진정되자 약간 겸연쩍어졌다. 좀 전까지 사슬에 끌어 올려진 후 왱왱 시끄럽게 항의한 것을 반성하자마자 또…….

게다가.

커다란 암반을 부술 정도의 힘으로 카론은 그 쇠사슬을 조작할 수 있었다.

『멍 정도 끝나면 다행이지 않나?』

정말로 그 말 그대로다. 바위를 산산이 부술 수 있으니, 쇠사슬로 인간의 몸을 산산조각 내는 것 또한 간단할 것이다. 하지만— 노엘을 쇠사슬로 끌어 올릴 때는 물론, 버로우즈의 부하를 물리칠 때도, 그런 힘을 쓰지 않았다.

평소엔 적당히 조절하고 있다는 의미일 것이다. 분명.

러셀 버로우즈와 함께할 때 그는 자비 없이 적을 죽였던 것 같지만, 지금은 달라진 것 같다.

—무엇이 그를 바꾼 것일까요. 묻고 싶은 말이 아직도 많이 남아 있어요.

카론의 뒷모습을 보며 노엘은 걸어갔다. 쭉 아무 말 없이.

그 사이, 황량하던 바위 밭에도 풀이 나타나기 시작했고, 곧이어 잡목림으로 들어섰다. 풀과 나무를 헤치며 걸어 나갔다.

희미하지만 대형차가 지나는 소리가 들리는 것 같았다.

카론이 걸음을 멈추고 벼랑을 뒤덮은 담쟁이덩굴을 걷어내자 낡은 문이 나타났다.

"이 안쪽으로 가면 라프라스 시가지로 갈 수 있다."

카론이 말하면서 문을 열었다.

"네? 이런 곳으로요?"

"의외겠지만, 고가 다리 밑으로 나갈 수 있다. 여기도 원래 마피아가 나쁜 일에 쓰던 장소인 것 같다. 『이런 곳으로』 왔다 갔다 하지 않으면 쓸 수 없다는 말이다."

문 안쪽은 어둡고 습한 창고였다. 입구 부근에는 쓰레기가 흩어져 있고, 안에는 낡고 부서진 나무상자가 쌓여 있었다.

하지만—. 노엘은 막연한 위화감을 느꼈다.

지금까지 빠져나온, 버로우즈와 카론의 은신처와는 뭔가가 달랐다.

"좀 이상하네요. 으음……."

"왜 그러느냐?"

"아니에요……."

노엘은 대답하지 않은 채, 그렇게 넓지 않은 방을 살짝 둘러보았다.

역시, 지금까지의 방과는 달랐다. 잠깐 본 것뿐이라 구체적으로 뭐가 다른지는 모르겠지만.

"왠지 생활감이 있다고 해야 하나……. 마치 최근까지 누군가 살았던 것 같네요."

카론은 노엘을 말없이 바라보며 천천히 눈을 깜빡였다.

"……여기를 나가기 전에, 앞으로의 방침을 정해야 한다. 나는 잠시 그걸 생각하겠다. 넌 여기 얌전히 있어라."

은신처에서와 마찬가지로 뭔가를 찾아 추궁하면 대답해주겠다는 뜻일 거다. 조사해보면 위화감의 정체를 알아낼 수 있을지도 모른다.

버로우즈와의 〈계약〉. 그 〈대가〉. 그것이 대체 어떻게 되어 버린 것인지, 노엘은 알고 싶었다. 자신이 그 진실에 다다를 자격이 있는지 없는지, 카론에게 시험받고 있는 듯한 느낌이 들었다.

방 안에는 소파가 있고, 테이블도 있고……. 벽에는 수많은 자료가 붙어 있었다. 거의 신문과 지도 스크랩이었다.

그중에 손으로 직접 쓴 한 장의 종이가 있었다.

빨간 글씨로 적힌 몇 개의 【완료】에 노엘은 눈이 갔다.

『구 시의회 의사당』

『시가지 13블록 · 제지 공장터』

『슬럼/시가지 경계 구역 · 구 비앙코 패밀리 소유지』【완료】

『바위 밭(바닷가)』【완료】

—전부, 건물의 이름과 그 주소군요. 『바위 밭(바닷가)』라는 건……. 방금 빠져나온 그 은신처를 말하는 걸까요. 『연안부 제2 폐빌딩』. ……아. 이 주소는…….

노엘은 그 리스트를 코르크 보드에서 떼어냈다. 습기로 우글쭈

글했지만, 종이는 비교적 얼마 되지 않은 것 같았다. 노엘은 그것을 보면서 소파에 앉았다.

폭신하고 시야 한구석에 검은 것이 흩날렸다.

—어머. 이건…….

노엘은 공중을 떠도는 그것을 잡았다.

어디서 굉장히 본 기억이 있는 것이었다. 새의 깃털도 동물의 털도 아닌 것. 색은 칠흑. 소파를 잘 보니, 같은 것이 몇 개나 붙어 있었다.

카론은 여기에 들어온 후로 소파에는 다가오지도 않았다.

딱 하나, 아무리 봐도 그의 후두부의 깃털로밖에 보이지 않는 커다란 깃털을 발견하고, 노엘은 카론을 불렀다.

"이거. 최근까지 살던 **누군가**의 것이겠지요? 밖에서 날아 들어온 까마귀 깃털이라는 말 같지도 않은 말은 하지 마세요."

"……."

"이 리스트를 쓴 것도, 코르크 보드와 벽에 자료를 붙여둔 것도 당신이군요. 카론."

"……그렇다."

체념했다고 말하기도 좀 그래 보이지만.

카론은 솔직히 인정했다.

"그 리스트가 뭘 나타내는지 알겠나?"

“『연안부 제2 폐빌딩』. 여기는 제가 당신을 소환한 장소죠. 바닷가 바위 밭은 버로우즈가 당신을 소환한 장소. 그 외에도 폐빌딩이나 지금은 사용되지 않는 낡은 시설들뿐……. ……설마, 악마를 소환하는데 적당한 장소 같은 건가요?”

“알아챘나. ……그래. 그저 인적이 없는 것뿐만 아니라, 버로우즈가 은폐하기 쉬운 장소이기도 하다.”

“하지만 이 리스트, 최근에 작성된 거예요.”

“네게 소환되기 전까지 난 여기서 지냈다. 그 리스트를 만들고 항상 동향을 살피고 있었지.”

“버로우즈 시장과의 계약은 만료한 거죠? 계약이 끝나면 악마가 그곳에 남아 있을 필요가 있나요? 지옥인지 마계인지는 잘 모르겠지만……. 악마에겐 돌아갈 곳이 없나요?”

“……흠. 악마에게 돌아갈 곳 같은 건 없다. 계약이 만료하면, 다시 소환될 때까지 〈개념(概念)〉으로 돌아갈 뿐. 육체도 의식도 소멸한다.”

“어…… 그런 거였나요? 정말 애매한…….”

마치 인간에게 소환되어 〈소원〉을 들어주기 위해서만 존재하는 것 같았다. 노엘이 생각했던 것과 전혀 달랐다.

하지만 〈계약〉이 존재를 증명하는 것이라면, 그거야말로 카론이 몇 년이나 라프라스에 계속 머무른다는 건 이상하지 않은가.

"어떻게 당신은 아직 라프라스에……? 설마 시장과의 계약은 아직……."

카론은 천천히, 그리고 큰 한숨을 쉬었다.

"아직 아무것도 끝나지 않았다."

라프라스 센트럴 호텔 총격사건.

이것은 라프라스시 역사에 생생하게 새겨졌을 것이다.

비앙코 패밀리와 롯소 패밀리는 이 사건으로 무너졌다. 두 명의 보스는 어이없이 사살당하고, 주요 간부도 대부분 죽거나 체포되었다.

그리고— 에럴드 버로우즈. 당시 시장도 혼잡한 상황에 휩싸여 마피아에게 암살당했다. 하수인은 불명인 채. 라프라스 경찰은 얼마 동안, 이 호텔 총격 사건에 매달려야만 했다.

하지만 정치적 공백을 메워야 하므로, 차기 시장 선거는 거의 바로 진행되었다. 지극히 신속하게 그 준비가 갖춰진 건 러셀 버로우즈가 압박했기 때문이었다.

선심을 쓴 회유. 살인까지 불사하지 않는 협박. 버로우즈는 이젠 수단을 가리지 않았다.

하지만, 실상 세간에 보이는 「아버지는 살해당하고, 정의에 불타는 젊은 시의원』이라는 얼굴은 정말이지 완벽했다. 배우에 대해 잘 모르는 카론도 그 연기력에는 혀를 내둘렀다.

임시 시장 선거가 2주 후로 다가온 어느 날.

카론과 버로우즈는 오랜만에 은신처에서 얼굴을 맞댔다.

호텔에서의 그 사건 이후, 버로우즈는 너무 바빴기 때문에, 단 1시간도 세간의 눈을 피해 이동하는 게 어려웠었다. 표면상으론 완전히 『라프라스의 기대주』인 그의 일거수일투족을 매스컴이 쫓았다.

그런 버로우즈도 은신처에서는 마음 편히 본성을 드러냈다. 오랜만에 만난 카론에게 인사도 하는 둥 마는 둥 하고 신문 다발을 들이밀었다.

"봐! 차기 시장 후보 중에서 가장 인기가 많은 게 바로 이 몸이다!"

"호오."

카론은 신문을 대충 보고 약간 감탄했다.

총격 사건 이후, 카론은 버로우즈에게 조언은커녕 경호하는 일도 없어졌다. 지금 그에겐 세간의 눈이라는 강력한 『방패』가 생겼기 때문이다. 거의 사방팔방으로 카메라가 따라다니는 이상, 그의 목숨을 노릴 자는 없을 것이다.

신문과 잡지에는 라프라스의 시민의 러셀 버로우즈에 대한 칭찬과 기대가 장황하게 적혀있었다. 이것들은 모두 버로우즈 독단적인 행동의 결과였다.

“드디어 난, 이 시의 정점에 서는 거다. 드디어……!”

“……흠. 방심하기엔 아직 이르다. 미디어가 써내는 내용 따위 아무 의미도 없다. 그건 네가 가장 잘 알고 있지 않느냐?”

지금까지의 암약으로 돈과 정보를 쌓으면, 매스컴 조작 따윈 손쉽게 할 수 있다는 것을 두 사람 다 배워왔다. 『진실』을 전하려는 영웅 같은 저널리스트 같은 건— 없다는 거다.

“지금까지 여러 일을 해 와놓고, 가장 중요한 선거에서 얌전히 결과를 기다릴 건가?”

“설마. 다른 후보자는 전원 없앨 거야.”

버로우즈는 옅은 미소를 띠며 말했다. 임시 시장 선거엔 3명이 입후보했다.

한 명은 전 시장 비서였고, 다른 후보자도 정치 활동을 시작한 지 30년 이상된 베테랑들이 모였다.

아무리 마피아를 제거했다는 『알기 쉬운 공적』을 세웠다 해도, 젊은 버로우즈가 완고한 보수파를 전부 끌어안는 건 어려울 터였다. ……정면으로 도전한다면.

하지만 버로우즈에겐 그럴 마음 따윈 없어 보였다. 카론은 신문을 접었다.

“그럼, 눈에 띄지 않은 형태로 처리하겠군. 가족을 인질로 삼아 포기하도록 다짐을 받아두면 되겠지."

"……훗. ……하하하. 어이, 농담이지?"

버로우즈가 그런 메마른 웃음소리를 낼 줄은 생각도 못 했다. 카론은 자기도 모르게, 험악한 얼굴로 버로우즈를 바라보았다.

"그런 미적지근한, 평범한 방법으론 안 될 것 같은데. 평화로운 망상이라도 했나, 파트너?"

"……뭐?"

"이번 선거에선 네 도움을 빌리지 않았다. 몇 번 거하게 부정을 저질렀다. 증거는 남기지 않았지만, 100% 확신할 순 없어. 이런 애매한 안건은 빨리 정리해야 해."

"……다른 후보자에게 그걸 강요할 생각인가?"

"그래. **스케이프 고트**로 만들 거다!"

이 얼마나 천재적인 발상이냐! ……그렇게 말하고 싶은 듯 버로우즈는 어두운 빛으로 눈을 반짝거리며 말했다.

"난 어떤 약점 하나 없이 시장이 될 거다. 이번 선거에서 입후보한 3명은, **라프라스 시장** 러셀 버로우즈에게 처음으로 반항한 어리석은 자들이다! 사회적으로 말살시켜, 시장 선거에서 실각시키고, 관심이 사라졌을 때, 물리적으로도 죽일 거다. 내 죄를 전부 안고 죽어준다니 최고이지 않나!"

"너무 번거롭다고 생각하는데. 안일하게 사람을 끌어들이면 수

습이 어려워질 거다."

카론이 냉정하게 자기 도취한 열변을 가로막자 버로우즈는 노골적으로 기분이 상해했다.

"대체 왜 그래? 괜히 분위기를 망치는군. 내가 노리는 건 완전무결한 정점이라고."

"너에겐 신중함이 결여된 것 같군."

"……그런 건 버렸다."

과거 카론은 버로우즈에게 「이성을 버려라」라고 설득했다.

버로우즈는 분명 그러한 감정을 떨쳐버린 듯 보였다. 그가 조금씩 변화한 건 카론도 느꼈지만, 역시 호텔 사건 이후는 「싹 바뀌었다」고 할 수 있었다.

이미 버로우즈에겐 악마의 속삭임은 필요 없게 됐다.

그의 수법도 생각도 완전히 악마처럼 바뀌었다.

악마의 지혜에서 배우고 흡수하며, 비뚤어져 가는 모습에 카론은 기쁨과 흥미를 느꼈다.

악마로서 버로우즈의 수법은 높게 평가했다.

러셀 버로우즈의 변화는 그들 두 사람의 관계 변화이기도 했다.

2주 후.

버로우즈는 임시 시장 선거에서 어려움 없이 승리를 거뒀고, 드디어 라프라스 시장이 되었다.

카론과 버로우즈가 얼굴을 마주하는 기회는 점점 적어졌다.

정말로 오랜만에 재회한 장소는, 라프라스에서도 유수의 역사적 건축물인 구 시의회 의사당이었다.

10년 정도 전에 새롭게 의사당이 건설되었기 때문에, 이젠 사용되지 않았다. 하지만 이 나라에서는 보기 힘든 희귀한 건축방법으로 지어졌다고 하여, 문화적 가치를 볼 때 보호가 필요하다는 의견이 다수 있었다.

버로우즈는 그점에 주목하여, 시장에 취임하자마자 바로 그 건물을 『라프라스 문화유산』으로 지정하고, 시민들에게 보호를 약속했다.

물론, 버로우즈에게는 그저 「낡아빠진 건물」에 지나지 않았다. 보호한 건 단순히 『이용』할 수 있기 때문이었다.

건설 당시엔 시의 중심에 있었지만, 시간이 지나고 지금은 시의 중추적 위치도 미묘하게 바뀌었다. 교통편도 나쁘고, 주민도 줄었으므로 현재는 인적이 없는 한적한 구역이 되었다.

밤이 되면 주위는 차가 달리는 소리조차 들리지 않는 고요함에 싸였다.

오래된 융단과 목재의 냄새가 났다. 천장에 그려진 모양은 쓸데

없이 호화로웠다. 적당한 세간 하나만 들어도, 중세를 무대로 한 영화를 찍을 수 있을 법한 모습이었다.

버로우즈는 만족한 듯 여기저기 돌아다니다, 이윽고 큰 홀 중심에서 걸음을 멈췄다.

"역시 여기는 좋은 환경이야. 평소엔 아무도 오지 않고, 이 정도 넓이와 방 갯수라면 **만일의 경우에 쓸 수 있겠어**. 이 홀의 바닥에 온갖 사이즈의 마법진을 그릴 수 있을 것 같다."

카론은 여기에 들어온 후, 한마디 말도 하지 않았다. 오랜만에 만났지만, 버로우즈에겐 인사의 말도 건네지 않았다.

이미 카론은 화가 났기 때문이었다.

버로우즈가 『마법진』을 입에 담았을 때, 마침내 더 이상 참지 못하고 카론은 그를 노려보며 소리를 질렀다.

"러셀. 최근에 네가 무슨 일을 하는지 알고 있나?"

"……무슨 말이야. 모처럼 오랜만에 만나서 얘기하는데 상당히 심기가 불편하지 않나, 파트너."

"악마와의 계약에까지, 넌 스케이프고트를 세우게 된 것 같더군."

"뭐……? 그런 거로 화가 난 건가?"

버로우즈는 노골적인 조소를 카론에게 날렸다.

"넌 이런 무도한 방법을 좋아하지 않았었나? 네가 말한 것에는 항상 결과가 따라왔었어. 그래서 난 네 방식을 보고 배웠을 뿐이야."

"네가 타인을 이용하든 말든 딱히 상관없다. 하지만 악마의 계약이란 건. 악마와 계약자, 일대일의 거래다. 옛날부터 이어져 내려온 규칙, 예의 그리고 미학에 반하고 있다는 말이다."

카론은 알고 있었다.

버로우즈가『스케이프 고트 계약』에 손을 담그기 시작했다는 것을.

〈제물〉의 적성을 가진 자— 맹목적이면서 강한 야망을 지닌 어리석은 자. 그런 제삼자를 있는 일 없는 일로 꼬드겨, 악마와 계약시킨다.

제물이 악마에게 빌면, 러셀 버로우즈도 필연적으로 이득을 얻을 수 있도록 만드는 것이다.

즉— 버로우즈는 자신의 몸도 영혼도 피해 없이, 제삼자를 악마에게 바치는 것으로 소원을 이룰 수 있게 된 것이다.

"네가 나 이외의 대악마와 몇 번을 계약하든 내 알 바 아니다. 하지만……. 악마의 계약으로 소원을 이루고 싶다면 네 스스로 〈대가〉를 지불해라."

버로우즈는 시장에 취임한 후 바로, 시빌라 베커라는 유능한 비서를 고용했다. 무슨 생각인지, 버로우즈는 그녀에게 자신의 배후에 악마가 있다는 것과, 뒤에서 수많은 악행에 저지르고 있다는 것을 밝힌 것 같았다.

그만큼 신용한다는 것인가……. 아니면 진실을 말하면 이용하기 쉬워진다고 생각하는 것인가.

카론도 그녀를 몇 번인가 만났다.

처음엔 그저 인간 여자였다. 다소 다른 여자보다 현명하고 냉정한 정도로.

하지만 마지막엔……. 완전히 다른 사람이 돼 있었다. 무슨 일이 그녀의 몸에 일어났는지, 카론은 듣지 않아도 할 수 있었다.

"시빌라를 말하는 건가? 그 녀석은 자신의 의지로 계약했다."

"아니다. 그 비서 얘기뿐만이 아니다. 내가 모를 줄 알았나?"

카론이 낮은 목소리로 위협하자 버로우즈는 드물게 순간 말문이 막혔다.

"지금까지 넌 내게 말없이, 몇 명의 악마를 쓰고, 몇 명의 인간을 속인 거지?"

"……글쎄. 센다고 도움이 되는 것도 아니고. 하나하나 기억 못 한다."

버로우즈가 눈을 피했다.

"자신의 힘으로 라프라스에 정점에 서고 싶다, 그렇게 빌었던 네가, 지금은 악마의 계약에 의지하다니. 몰락했군, 러셀."

그 말은 그의 약점을 찌른 듯 보였다. 단, 카론이 그 말은 그의 양심이 아니라 자만심이었다.

"다 아는 듯 말하지 마! 이건 네가 초래한 사태이기도 해!"

"뭐?"

"너와의 계약에 따라, 내게는 앞으로 파멸할 미래만이 약속되어 있다. 그렇지? 평범하게 시장 노릇을 해서는 오래 이어질 수 없다고."

이제와서 무슨.

카론은 솔직히 그렇게 생각했지만, 말없이 가만히 있었다.

하지만 그 후 버로우즈의 말은 카론이 예상도 하지 못했던 것이었다.

"그 〈파멸〉에서, 영원히 도망쳐주지."

버로우즈는 비웃었다.

추악하게 일그러지고, 경련이 이는 웃음이었다.

카론의 등줄기가 순간 오싹해졌다.

"절대로 틈을 만들지 않을 거다. 불안 요소는 전부 배제하고 이용한 녀석도 반드시 처리할 거야. 악마의 계약이든 신의 기적이든 쓸 수 있는 방법은 전부 쓸 거다. 악마의 계약의 예의? 미학? 흥! 내 알 바 아니다! 난 내 위치를…… 라프라스라는 시의 모든 것을 동원하여 네 계약의 〈대가〉와 싸우고 있는 거다!"

카론이 느낀 공포는 순간적인 것이었다. 바로 분노가 치밀어 올랐다.

여기까지. 버로우즈는 여기까지 비뚤어진 것인가.

이런 괴물이 된 건 정말로 나 때문인가.

『이건 네가 초래한 사태다』

"대체 넌……, 무슨 말을 하는 것이냐. 그건 이제 계약이 아니다! 〈대가〉를 떼어먹으려는 거냐?!"

카론의 원성에, 버로우즈는 일그러진 웃음을 더욱 일그러뜨렸다. 그건 정상적인 인간의 표정이 아니었다.

"내 목적은 라프라스의 정점에 서는 것이다. 누구에게도 얽매이지 않고, 어떤 것에도 지배되지 않고 말이지. 그래……. 너와의 계약에 얽매일 생각은 추호도 없다! 해봐라……. 죽여보라고, 이 몸을!"

라프라스의 정점에 선다.

그 소원 그 자체는 간단한 것이었다. 카론의 손가락 하나로 다음 날에라도 시장으로 만들어 줄 수 있었다.

하지만, 다름 아닌 버로우즈 본인이 그것을 거절하고, 그 빈약한 몸 하나로, 어떤 의미로는 자신의 힘으로 정점에 올라선 것이다.

그 〈계약〉의 사용법에 카론은 흥미를 느꼈다. 본질은 악이지만 기개가 있는 남자라고 생각했었다. 적어도 버로우즈가 노력가에

근면한 것은 틀림없었다.

그런 러셀 버로우즈가…… 어떤 파멸을 맞이할 것인가.

그것은 카론조차도 알 수 없었다. 스스로 설정하는 것도 가능하지만, 굳이 하지 않았다.

이만큼 한 사람의 인간과의 계약에 시간을 들인 적도 없었다. 그렇기 때문에……. 기대가 돼 어쩔 줄 몰랐다.

하지만 이 남자는 이미—.

인간이 아니었다.

"왜 그러지, 카론! 지금의 난 무방비 상태다. 얼른 죽이면 될 텐데!"

그는 알고 있다.

카론이 자신을 죽이지 않는다는 것을.

발톱과 쇠사슬을 쓰면 될 일이었다. 그런데 카론은 할 수 없었다.

"……넌, 악마의 계약을 더럽혔다. 지금 이 자리에서 죽일 가치도 없어. 알았나. 〈대가〉는 절대적인 것이다. 힘껏 언젠가 찾아올 파멸에 무서워 떨고 있어라. 악마를 이용하고 악마의 계약을 가지고 논 것을, 지옥에 떨어지고 나서 후회하게 될 거다."

카론은 버로우즈에게 등을 돌렸다.

그 순간 두 사람은 결별했다.

“잘 있어라. 너와 라프라스를 분주하게 뛰어다녔던 날들도…… 나쁘진 않았다.”

하지만 카론의 그 작별 인사는 진심이었다.

러셀 버로우즈와 악마 카론의 계약은, 어떤 의미에선 아직 끝나지 않았다.

아직 두 사람은 이어져 있었다.

카론이 얘기한 건 그저 과거에 있었던 일이 아니다. 현재를 거쳐, 노엘의 운명조차 휘말리게 하여 아무도 모르는 미래로 이어지고 있었다.

“녀석이 시장이 된 후, 난 여기서 혼자 보내는 일이 많았다. 뒤에서 녀석의 행동을 쫓고 있던 거다. 녀석이 파멸하는 순간을 지켜보기 위함이었지만…… 이젠 아무 의미도 없군.”

“…….”

“네가 보기엔 우스꽝스럽겠지. 내가 그 남자를 괴물로 바꾼 결과로 배신당하고, 비웃음당하고, 미학이 더럽혀지기까지……. 난 녀석에게 복수할 생각이다.”

카론은 부리 속에서 자조 섞인 웃음을 지었다.

“왜 내가 결별의 날에 녀석을 죽이지 않았는지 알겠나?”

노엘은 천천히 고개를 가로 저을 수밖에 없었다.

"난 한 명의 계약자에 열중한다. 녀석이 대가를 떼먹겠다고 한 것……. 그것이 우리들의 『계약』이라는 연결고리를 부정당하는 듯한 느낌을 받았다. 난…… 충격을 받았다."

눈을 내리깐 카론이 예스럽고 낮은 목소리로 그렇게 말하는 것을 듣고 노엘은 놀랐다.

카론이 그런 감정을 느꼈다는 것이 의외였고— 그것을 솔직하게 밝히는 것도 의외였다.

"원래대로라면, 다른 악마라면 그 상황에서 러셀을 죽였을 거다. 난 그럴 수 없었다. 『언젠가 파멸한다』는 진부한 대사를 내뱉고 난 **도망쳤다**."

카론은 내리깔은 눈을 완전히 감고 쿡쿡하고 웃기 시작했다.

"내겐 녀석에게 복수할 자격 따위 없을지도 모르지. 그 장소에서 내가 녀석을 죽였다면 너도 팔다리를 잃을 일도 없었을 거다. 그런데도 난 너의 복수에 편승한 거다."

"……!"

"정말로…… 우습겠지. 웃어도 좋다. 이것이 네 팔다리와 미래를 뺏은 무서운 대악마의…… 초라한 정체다."

노엘은 웃지 않았다.

지금까지 앉아서 조용히 이야기를 들었지만, 정신이 들었을 땐 이미 일어서 있었다. 카론은 어느새 노엘에게 등을 돌리고 있었다.

평소 오만하게 노엘을 내려다보는 그는, 기본적으로 항상 자세가 꼿꼿했다. 그 뒷모습이 지금은 왠지 작아져 보였다.

"카론."

노엘은 심각한 얼굴로 그를 불렀다.

카론은 돌아보려다가 끝내 돌아보지 않았다.

"당신이 예전에 제게 해준 말을 기억하시나요?"

그에겐 짐작 가는 것이 없었다. 의아한 얼굴로 그는 겨우 뒤돌아보았다.

"그렇게 또 하나……. **제멋대로 하실 건**가요?"

카론에게 그 말을 들었던 건, 그다지 오래 되지 않았다. 노엘도 지금의 카론과 같은 의문과 벽에 부딪혔었다.

자신에겐 복수할 자격 따윈 없는 게 아닌가.

그렇게 생각하며 끙끙 앓던 노엘을 카론은 그 말로 **끌어 올렸다.**

카론은 떠올려 주었을까. 말없이 눈을 크게 떴다.

"그 사고방식은 악마에겐 너무 겸허해요. 버로우즈 시장은 당신을 배신했어요. 거기에 복수할 자격이 있는지 없는지, 그런 말은 필요 없다구요. 계약의 대가가 시장으로서의 파멸이라면, 지금부터라도 파멸을 내려주면 되는 거 아닌가요?"

"나를 책망하지 않는 건가. 내가 녀석을 키워내고, 괴물로 바꾸고, 들에 풀어놓았다.”

“옛날 일을, 이미 끝나버린 일을 지금 이러쿵저러쿵 말해도, 아무것도 변하지 않는걸요. 반성은 모든 게 끝나고 나서 하도록 해요. 지금 당신이 계약한 건 저니까요.”

“……”

“제 복수를 도와준다는 제2의 계약은 아직도 진행 중이지 않나요? 여기까지 저를 인도한 이상, 마지막까지 확실히 함께 해주셔야겠어요. 당신의, 악마의 자존심을 걸고서라도 말이죠.”

카론은 잠시 침묵했다.

노엘은 눈을 피하지 않았고 카론 또한 도망치려 하지 않았다.

이윽고 카론은 크게 고개를 끄덕였다.

“……그래, 그렇군. 네 말대로다. 이번에는 네 말이 맞다. 과거는 과거, 지금은 지금이다. 러셀 버로우즈는 나와 너에게 쓰러뜨려야 할 적. 지금은 그 이상, 쓸데없는 생각은 하지 않아도 되겠지.”

“맞아요.”

“옛 기억이 남아있는 장소에 와서 약간 감상적이 된 것 같군. ……잊어라.”

“그건 어려울 것 같은데요. 귀중한 당신의 약점이니 잊을 수 없지요.”

카론은 분하다는 듯 미간을 찌푸리며 어디에 있는지 모를 혀를 찼다.

"……그래. 네 마음대로 해라. 옛날얘기는 그만하고 거리로 가자."

이로써 서로 마음이 개운해졌다. 카론은 뒤도 돌아보지 않고 방 안쪽으로 나아갔다. 노엘은 살짝 미소를 지으며 따라갔다. 그의 약점을 잡은 건 순수하게 기뻤다.

창고 안쪽에는 철문이 있었다.

카론의 말대로라면, 여기에서 고가도로 아래로 나갈 수 있다고 했다—.

카론이 문을 열자 십 수 미터의 짧은 터널이 이어졌다. 그 끝에는 희미하게 빛나는 빛이 보였다. 그리고 대형 트럭이 지나는 소리도 들려왔다.

그 빛에 이끌리듯 노엘은 걸어갔다.

그런데.

번쩍하고 인공적인 붉은 빛이 시야를 스친 느낌이 들었다.

그리고 어렴풋이 어떤…… 기계가 동작하는 듯한— 소리가…….

"노엘!!"

카론이 외쳤고, 노엘의 몸에 충격이 가해졌다.

다음 순간에 더욱 격렬한 충격. 폭발음. 귀가 먹먹해지고 노엘는 자신이 비명을 지르는지 어떤지도 알 수 없었다.

첫 번째 충격은 카론에게 안겼을 때의 것. 두 번째 충격은 말 그대로 충격파에 의한 것이었다.

터널에는 센서식 폭탄이 장치되어 있던 것이다.

카론은 순식간에 터널 출구까지 비약했다. 연기와 뜨거운 바람이 터널에서 화악하고 쏟아져 나왔다.

"간발의 차였군."

"사, 살았군요……."

"내가 언젠가 여기에 돌아올 것을 예상했던 건가? 러셀 자식……."

터널에서는 탄 냄새가 감돌았다. 최근까지 카론이 몸을 숨기고 있던 장소.

배신당한 것에 충격을 받을 만큼, 전 계약자와의 추억이 담긴 장소이기도 했다.

추억의 결말은 증오와 분노로 물들었을지도 모른다. 그래도…… 얘기를 하던 카론의 모습은, 굉장히 그리워하는 것처럼 보였다.

『너와 라프라스를 분주하게 뛰어다녔던 날들도…… 나쁘진 않았다』

그리고 그건 진심이었다고 말했다―.

불온해야 할 검은 연기가, 노엘에겐 서글프게 보여 견딜 수 없었다.

그래도 카론은 바로 연기에서 눈을 돌렸다.

"아니, 이걸로 됐다. 이미 내게 필요 없는 장소다. 계약에 따라

난 녀석을 반드시 파멸시킬 것이다. 이건 복수로 가는 새로운 첫 걸음이다."

그리고 그 말대로 그는 걸어 나갔다.

NOEL the mortal fate

Movement2 - falling down

Passage 4

흔적

설마 슬럼 한구석의 은신처가, 어느새 내 집 같이 느껴질 줄이야.

정말로 몰락해버렸다고 노엘은 생각했다.

이렇게나 먼지투성이에 외풍도 들어오고 때때로 쥐 소리조차 들렸지만, 노엘은 침대에 누워 두 다리를 쭉 뻗었다.

"히야! 엄청 피곤해요!"

"어이, 무슨 여유를 부리는 거냐."

"잠깐 정도는 괜찮지 않나요? 먼 거리를 헤엄친 데다가 바위 등반에 동굴 탐험, 마지막엔 폭발까지. 이런 일이 잇달아 있었잖아요? 당신도 조금은 쉬는 게 좋을 거예요."

"언제 네가 헤엄치고 바위 등반을 했냐. 전부 다 내가 한 건데……."

"그렇다면 더욱이 쉬어야죠."

카론은 노엘이 들으라는 듯 일부러 크게 한숨을 내쉬었다. ……하지만 예상외로 그 이상 비꼬는 말을 하지 않았다. 그렇기는커녕 오히려—.

"그래. 부상은 치유했다고는 해도 나도 분명 조금 피곤하군. 천천히 하기로 하지."

그는 휙하고 노엘의 곁에서 멀어져갔다.

노엘은 문득 자신의 머리나 옷에서 이상한 냄새가 나는 게 신경 쓰였다. 그렇다. 그렇게 샤워하고 싶어 참을 수 없었는데, 완전히 잊어버리고 있었다. 지금 재빨리 샤워하고 옷을 갈아입은 다음에 위층에 있는 세탁소에서 드레스를 빨면 될 것이다.

갈아입을 옷을 꺼내놓고, 바닷물과 모래로 더럽혀진 드레스를 벗었다. 그러자 가슴팍에서 툭하고 쪽지가 떨어졌다.

"아, 이건……."

노엘이 그것을 주워 펼쳤을 때였다. 주방 쪽에서 어디선가 익숙한 소리가 들리고, 좋은 향이 나는 것을 알아챘다.

노엘은 서둘러 옷을 갈아입고, 향기에 이끌려 좁은 거실로 향했다.

"어머, 역시 홍차 향이었군요!"

카론이 마치 신사처럼 우아한 몸짓으로 홍차를 끓이고 있었다. 게다가 확실한 두 명분. 노엘은 재빨리 낡은 소파에 앉았다.

컵도 포트도 어디에서 주워왔는지 모를 싸구려였었지만, 원래 상류층에서 자란 노엘은 알 수 있었다. 이 찻잎은 싸구려가 아니었다.

"홍차를 좋아했었나요? 카론."

"흠. 어리석은 인간이 만든 문화치고는 좋은 것이라고 생각은 하고 있다. 위스키나 브랜디를 더 좋아하지만, 너에겐 아직 이르겠지."

"아, 실은 저도 홍차보다는 카푸치노가 더……."

살기.

"……잘 먹겠습니다."

"흥. 설탕도 레몬도 없어서 송구합니다, 아가씨."

카론은 점잖은 척을 하며 컵을 기울였다. ……투박한 트집일 수도 있지만, 그는 대체 어떻게 음식을 먹는 걸까. 아무리 봐도 부리는 열리지 않는다. 원래 식사할 필요가 없는 건가…….

노엘은 좋은 향기를 풍기는 홍차를 한입 마시고 놀랐다.

"맛있어!"

"그런가. 오랜만에 끓여봤는데, 잘 된 것 같군."

"집에 있는 도우미 분들이 끓여주신 것보다 맛있네요. 딤불라인가? 음, 좋은 향."

"유통기한이 지난 홍차여도 만족하셨는지요? 아가씨."

"네에?!"

"분명 딤불라이긴 하지만, 이런 세련된 물건을 슬럼에서 정상적인 것으로 구할 수 있을 거라 생각하나?"

카론이 히죽 비웃었다. 노엘은 갑자기 마실 마음이 없어졌지만, 이 홍차를 맛있다고 느낀 건 사실이었다.

게다가 역시, 완전히 슬럼 생활이 몸에 익어 버린 것 같았다. 유통기한이 지난 차여도 아까워서 버릴 수 없었다.

노엘은 중얼중얼 작게 불만을 중얼거렸지만 전부 마셨다.

"……자."

노엘이 빈 컵을 내려놓자, 카론이 포트에서 두 번째 차를 따르며 말을 꺼냈다.

"다음 한 수를 생각해야 한다. 러셀을 추락시키기 위해서 말이다."

노엘도 현실도피를 하고 싶던 건 아니었다. 그렇게 해야 한다는 것도 알고 있었다.

카론은 버로우즈를 『괴물』이라 칭했다. 물론 복수를 위한 것도 있었지만, 그런 남자를 언제까지나 방치해서는 안 된다.

그렇지 않아도 성가신 상대인데, 새로운 문제가 일어났다는 것을 안 지 얼마 되지 않았다.

"시장은 강력한 악마를 데리고 있어요. 그걸 이기지 않고선……."

노엘은 아쿠에리어스 본사 빌딩 옥상에서 일어난 일을 돌이켜 보았다.

하얀 악마였다.

형색은 검은색이었지만, 맹금류로 보이는 부리는, 불길한 뼈의 색과 같았다. 그게 매우 인상적이었다.

"그 악마는 강하지만, 생각하기에 따라선 반대로 러셀의 약점이

될지도 모른다."

"무슨 말이에요? 당신, 그 악마와 싸우자마자 포기했으면서!"

"윽…… 시끄럽다. 냉정한 판단이었다고 해라."

단 한 번의 일격. 그것을 맞았을 뿐인데 카론은 바로 포기했다.

하지만, 거기서 자존심을 걸고 무모한 싸움에 덤비지 않은 건, 분명 냉정한 판단이었을지도 모른다. 단 한 번의 일격으로 서로의 역량 차를 파악했다는 점에서도.

"알겠나, 악마의 소환에는 수고가 든다. 너도 나를 소환하는데 여러 가지를 준비했겠지?"

"어…… 새빨간 분필로 커다란 마법진을 그리라고 했어요. 그리고 까마귀 피를 쓰기도 하고……."

"음. 소환을 위해 필요한 도구도, 조건도, 악마마다 다르다. 나 같은 경우엔 마법진이나 까마귀 피 같은 거다. 그리고 그 수고는 소환하는 악마가 강하면 강할수록 늘어난다. 막강한 악마를 소환하려면, 더욱 귀찮고 복잡한 절차가 필요해."

"그렇군요……."

"인정하긴 싫지만, 그 악마는 나보다 훨씬 고위급의 악마다. 즉…… 그만큼 소환하는 데 수고가 든단 말이다."

카론의 설명에 따르면 손쉽게 입수하기 어려운 것이나, 복잡하고 거대한 마법진을 준비해야 하는 게 일반적인 것 같다.

그 외에는 날짜가 정해져 있다든가, 방향이 정해져 있다든가 그런 것 같았다.

그『하얀 악마』를 소환하기 위해 버로우즈는 많은 흔적을 남겼을 것이며, 꽤나 고생하지 않았을까 하는 게 카론의 추측이었다.

"그만큼 거물이었다. 준비할 때, 아무리 조심해도 분명히 실수가 나왔을 거다. 그 흔적을 잡는 게 가능하다면, 녀석이 악마 소환에 관여했다는 증거가 될 수도 있다."

"손에 넣기 힘든 것이나 커다란 마법진이 필요하다……는 말이군요. 하지만 마법진은 눈에 띌 텐데, 빨리 그릴 수 있는 장소는…… 아!"

넓지만 사람 눈에 띄지 않는 장소. 딱 맞는 장소를 찾기란 쉽지 않다.

노엘은 조금 전에 옷 갈아입을 때 떨어진 쪽지에 생각이 미쳤다. 그건 카론의 은신처에서 발견한 건물 리스트였다.

"뭐냐. 그런 걸 가지고 왔던 건가."

"무심코 가져와 버린 것 같아요. 분명 악마를 소환하기에 적절한 장소 리스트였네요. 이 중에서 가장 넓은 장소는……."

구 시의회 의사당.

같은 항목에서 노엘과 카론이 동시에 주목했다.

카론과 버로우즈가 결별한, 인연이 있는 장소이기도 했다.

"여기밖에 없겠군. 지금도 라프라스, 러셀에 의해 문화재로 보호되고 있다. 평소엔 아무도 들어가지 않지만, 녀석이 드나들어도 부자연스럽진 않겠지. 물론. 악마를 숨겨두는 것도 가능하다."

"여기에 몰래 들어가서, 악마를 소환한 흔적을 가지고 온다면……."

"그리고 그것을 러셀과 결부시키는 거다."

"시장이 악마의 소환에 관여했다는 게 세간에 알려지면, 한 번에 『파멸』하겠군요. 완벽해요!"

"아니, 커다란 문제가 있다. 내 얘기를 제대로 들었나?"

"네?"

"틀림없이 그 악마를 여기에 숨겨뒀을 거라 말했을 텐데!"

"아. ……음, 증거를 가지고 오기만 하면 되죠? 그럼 도망치기만 하면 되는 거잖아요! 굳이 쓰러뜨릴 것 없이!"

"……참으로 쉽게 말하는군. 위험하단 걸 알면 그걸로 됐다."

카론은 맥 빠진 것처럼 보였다.

설마 이번에야말로 버로우즈가 악행을 저지른 증거를 잡을지도 모른다고, 노엘이 순간 들뜬 것도 사실이었다.

하지만 카론이 맥이 빠지는 것도 당연했다. 그 대악마와 마주치게 된다면 도망쳐야 하는 건 당연하지만, 공격을 피하거나 유인하는 건 틀림없이 그의 역할이었다.

그것을 생각하면 이 구 시의회 의사당이 『꽝』이었으면 하는 마음이 들기도 했다. 하지만—.

"당신은 구 시의회 의사당에 뭔가가 있을 거란 확신이 있는 거죠. 카론."

"……."

카론은 팔짱을 낀 채 잠시 침묵했지만, 이윽고 고개를 끄덕였다.

아마, 확실한 증거는 없을 것이다. 분명 몇 년이나 버로우즈와 함께 싸우고 결별한 후에도 그의 행동을 감시했기 때문에 이끌어낸 추론일 것이었다.

노엘은 그 애매함이 미덥지 못하다고 생각되진 않았다.

그는, 지금 자신의 파트너였다. 함께 위험을 극복해왔다. 그것만으로도 신기하게 신뢰할 수 있었다.

"당신의 판단은 의심치 않아요. 가요, 구 시의회 의사당으로."

"그래. 그 전에……. 만약 여기에 중요한 게 있다면 지금 모아둬라."

"……? 왜죠?"

"우린 지금 대대적으로 지명수배된 상태다. 가까운 시일 내에 이곳을 버리게 될 거다. 언제나 바로 도망칠 수 있도록 해두라는 말이다."

"아……. 그렇군요. 그랬죠……."

사실 여유롭게 차를 마실 때가 아니었다. 은신처에서 본 뉴스를 잊고 있었다— 기 보다도, 생각하지 않으려고 했었다.

악마를 소환한 범죄자라는 건 자각하고 있었지만, 결국 지명수배범까지 되어버렸다.

—아버지와 어머니는 어떻게 지내고 계실까. 항상 맛있는 홍차나 카푸치노를 끓여주시던 도우미 분들도, 피아노 선생님도……. 모두 분명 매일 매스컴에 둘러싸여서……. 아니, 경찰에 사정 청취를 받고 꼼짝 못 하게 됐을지도 모른다.

그렇게 생각하자 마음이 아파 왔다.

하지만 그렇다고 사과하러 갈 수도 없었다.

잘하면……. 편지를 보내는 정도는 가능할지도 모르지만……. 지금은 그럴 여유도 없었다.

노엘은 카론이 끓여준 두 번째 홍차를 마셨다. 많이 식어서 한 번에 다 마셔버렸다.

중요한 건…… 딱히 없었다. 속옷과 드레스 2벌 정도일까.

전부 잃어버렸기 때문에.

이 슬럼에 어울리지 않는 피아노와 헤어지는 건 살짝 감상적인 기분이 들었다. 하지만 그것을 들고 가는 건 불가능하다.

여기를 떠나야 하는 날은 그다지 생각하고 싶지 않았다.

슬럼의 한구석, 원래 누가 주인인지도 모르는 매우 낡은 집. 이런 곳이라도…….

지금의 노엘이 돌아갈 곳.

정말로 완전히 몰락해 버린 것이다. 하지만 아무리 몰락하더라도 이렇게 어딘가에 앉아, 천천히 홍차를 마시며 멈추어 쉴 시간을 만들 수 있었다. 어떤 환경이더라도 아쉬움이 남는다.

자신은 아직 인간으로서 살고 있다.

노엘은 그렇게 생각했다.

『라프라스 문화유산』으로 지정된 라프라스 구 시의회 의사당.

노엘은 처음에 그 외관을 보고, 학교 사회견학으로 이 부근을 방문했던 적이 있다는 것을 떠올렸다.

당시에도 이미 구 시의회 의사당은 버로우즈에 의해 보호되고 있었고, 안에는 들어갈 수 없었다.

교사가 뭐라고 밖에서 설명했지만, 노엘은 거의 내용이 기억나지 않았다. 집의 지원 덕분에 좋은 학교에는 다녔지만, 그렇게 근면한 학생이라곤 말할 수 없었다.

성실하게 수업을 들었던 건 음악 수업 정도였다. 피아노만 치면 좋겠다는 생각을 하며 살았으니까.

시각은 심야. 카론의 모습은 완전히 어둠에 녹아들어 있었다.

바람도 불지 않고 주위에는 전혀 사람의 기척이 없었다.

그런 어둠 속에 서 있는 크고 오래된 건물은…… 솔직히 말해서 귀신의 집이었다.

“바…… 밤에 보니까 이렇게나 박력 만점인 건물이었군요.”

“잘 알겠지만 일단 확인해 두지. 목적은 악마 소환의 흔적을 손에 넣는 것이다. 만일을 대비해서 심야를 선택했지만, 우리들의 침입은 금방 들통날 거다. 그 악마도 안에 있겠지만, 녀석을 만나면 도망칠 생각만 해라.”

“당신의 힘으론 그 악마를 이길 수 없는 거겠죠.”

“……발을 묶어두는 정도라면 아마 할 수 있을 거다. ……아니, 불시에 공격하거나 아니면…….”

“네, 예정대로 싸우지 않는 방향으로.”

“…….”

카론은 발끈한 듯한 얼굴이었지만, 말대꾸는 하지 않았다. 어지간히 자신이 없는 것 같다. 아니, 그 악마가 너무 강력한 것이다.

“수상한 건 전부 챙겨 가자. 마법진은 도료를 손수건에 묻히기만 해도 괜찮을 거다. 그것들이 러셀을 궁지에 몰아넣을 수 있을지 없을지는 나중에 천천히 생각하지.”

“어쨌든 오래 머물러 있지 말라는 말이군요. 잘 알겠어요.”

안에는 간단히 들어갈 수 있었다.

『출입금지』라는 팻말이 걸린 줄은 보였지만, 이미 그런 건 지금의 노엘에겐 「뛰어 넘어갈 수 있는 것」이었다.

안의 공기는 몹시 썰렁했다. 바깥 이상으로 고요했고, 더할 나위 없이 섬뜩했다.

악마의 기척도 없었지만— 노엘은 죽어도 이런 곳에 오래 머물고 싶지 않았다. 복도 안쪽에 어둠에 눈을 돌리는 것조차 몸이 떨렸다.

본 회의장으로 이어지는 커다란 문은 꼼짝도 하지 않았다. 문이 잠겼다기보다는, 두 번 다시 열지 않도록 세공된 것처럼 보였다.

"마법진을 그렸다면 틀림없이 이 본 회의장 안일 거다. 상당히 넓었으니까 말이다. 정면의 문은 막아두는 것도 당연하다."

카론은 복도를 향해 턱을 추켜올렸다.

"본 회의장은 주위를 빙 두르는 복도로 둘러싸여 있다. 다른 데 출입구는 있었을 거다. 이쪽 안쪽에는 의원 대기실도 있다."

"그럼 우선은 그쪽으로 가볼까요?"

노엘은 마음이 내키지 않았지만 어쩔 수 없었다. 악마가 아니라, 더 위험한 것이 튀어나와도 이상하지 않을 분위기였다.

하지만 안으로 들어가 보니— 다른 의미로 소름이 돋았다.

"……불빛이."

"……그래."

희미하지만 분명 조명이 빛나고 있었다.

기묘한 생활감도 있었다. 누군가…… 일상적으로 여기를 이용하고 있다는 것이다. 건물 밖에서는 아무것도 느낄 수 없었다. 창문을 보니, 두꺼운 커튼과 판자로 가려져 있었다. 밖으로는 조금의 빛도 새어나가지 않도록 한 것 같았다.

노엘과 카론은 한 번 얼굴을 마주 보았다. 바닥은 어두운 자주색의 오래된 융단이 깔려 있었기 때문에, 조심히 걸으면 발소리를 없앨 수 있었다. 숨죽이며 노엘은 앞으로 나아갔다.

복도의 막다른 곳에 있는 방의 문을 카론이 살짝 열었다.

아마, 의원들의 대기실로 사용되었던 방일 것이다. 아무도 없었다.

……그런데.

소파에 하얀 것이 몇 개 붙어 있는 것을 노엘이 발견했다. 그건 동물의 털도, 새의 깃털도 아니었다. 굉장히 눈에 익숙했다. 하나를 손끝으로 잡아 올린 노엘은 물끄러미 카론을 바라보았다.

"……뭐지, 뭘 말하고 싶은 거냐?"

"저, 그 악마를 순간적으로 잠깐밖에 보지 못했지만……. 그, 비슷했었죠. 새 같은 부분이……."

"난 새가 아니다! 악마다!"

"큰 소리 내지 마세요! 비슷하니까 혹시나 친척 같은 게 아닌가 물어보려고 했어요!"

아무래도 『새』나 『까마귀』라는 말을 들으면 카론은 신경이 과민해진다. 카론은 노엘이 손에 들고 있는 하얀 깃털을 째려본 후, 외면했다.

“악마에게 혈연관계 따윈 없다. 자신 이외에 악마를 모르는 게 대부분이다. 같은 시대, 같은 장소에 둘 이상의 악마가 모이고 마주하는 건 드문 일이다.”

노엘은 의외라고 생각했다. 그래서 「악마는 개념 같은 것」이라고 카론이 말했던 건가. 마계나 지옥 같은 악마의 고향은 없다고.

하지만…….

“하지만 보머나 시빌라도 악마를 소환해서 그 힘을 얻었잖아요. 버로우즈는 저 이외에도 〈제물〉을 써서 악마를 이용하고 있는 거죠? 이 라프라스에는 악마가 너무 자주 나타나요!”

“정말 그렇군. 결국, 악마의 계약이 『싸게』 팔리는 상태가 된 거지. 악마로서 보고도 넘길 수 없다.”

카론은 노엘의 손에 들린 깃털을 슬쩍 보았다.

“어쨌든 그 깃털은 챙겨 둬라. 나도 흥미로운 걸 발견했다.”

노엘이 소파를 조사하는 동안, 카론은 방 벽에서 뭔가를 발견한 것 같다.

그가 손으로 가리킨 건 낡은 벽시계였다. 나사를 감는 방식의 시계로, 바늘은 12시 30분을 가리키며 멈춰 있었다.

이게 어디가 흥미로운 건지 노엘은 바로 알 수 없었다.

“어딜 봐도 단순한 낡은 시계 같은데요……?”

“그렇겠지. 하지만 이걸로 약간 의외인 것을 발견했다. 어쩌면 여기는 옛날부터 악마 소환과 관련된 장소일지도 몰라."

"그러니까, 그게 무슨 말이에요?"

"인간의 눈에는 보이지 않겠지만, 문자판에 **어떤 글자**가 적혀있다. 아마 악마의 손에 의한 것이겠지. 마력을 담은 잉크를 썼든지, 아니면 그런 능력이든지……."

"……! 그럼, 저 시계에는 어떤 의미가 있다는 건가요?"

"아마도. 하지만 가져가기엔 너무 크다."

"뭐라도 쓰여 있나요?"

"모른다. 그저 숫자일지도, 혹은 장식일지도 모르지. 단순한 내용이라는 건 확실하다. ……다음 방으로 가볼까."

악마밖에 볼 수 없다고는 하지만, 상당히 당당하게 악마에 관련된 것이 놓여 있었다. 카론의 완력이라면 가볍게 들고 갈 수 있겠지만, 확실히 부피가 컸다.

어떤 특별할 것도 없는 낡은 시계가 갑자기 섬뜩하게 느껴져서 노엘은 눈을 피했다.

복도에 나오자 갑자기 카론이 노엘을 손으로 저지했다.

움직이지 마라.

노엘은 반쯤 언 채로 마른 침을 삼켰다. 카론은 잠시 말없이 복도 안쪽을 바라보고 있었다. 그리고 잠시 후 손을 내렸다.

"카론?"

"……. 아니다, 아무것도 아니야. 하지만, **서두르자**."

그 속삭임에 노엘은 오싹해졌다.

아무것도 아닐 리 없었다. 분명. 분명 카론의 귀에는 뭔가가 들린 것이다.

노엘은 뭐라고 말하려 했지만, 말이 제대로 나오지 않았다. 고요함 속에서 자신의 심장 소리만 들리기 시작했다.

본 회의장으로 통하는 입구는 몇 개나 있었지만, 지금은 전부 잠겨 있었다.

옆의 방으로 들어갔다. 처음 들어간 방과 거의 비슷했다. 크기도 장식품도. 하지만 카론은 바로 부자연스러운 것을 발견했다. 벽에 패스코드를 입력하는 작은 디지털식 콘솔이 달려 있었던 것이다.

건물은 굉장히 오래된 것인데 여기만 매우 근대식이었다. 패스코드는 4자리를 입력해야 하는 것 같았다.

"4자리 숫자…… 카론. 아까 그 시계……."

"그래."

카론은 콘솔에 『1230』을 입력했다.

노엘이 살짝 뛰어오를 만큼 큰 소리가 나더니, 벽 일부가 움직였다. 지금 그 소리는 위험했다. ……하지만, 벽 안에 나타난 건 책장으로, 한눈에 「수상하다」고 알아챌 수 있을 만한 두꺼운 고서가 빽빽이 꽂혀있었다.

카론은 책장 아래 서랍을 열었다. 크고 오래된 열쇠 하나가 들어있었고, 그는 그것을 주머니에 넣었다.

한 편, 노엘은 고서를 적당히 한 권 뽑아 펼쳐 보았다.

"……?"

누런 페이지에는 본 적도 없는 글자가 빼곡히 적혀있었다. 아무리 봐도 알파벳은 아니고, 기호 같은 것도 많이 있었다.

뭐라고 쓰여 있는지 하나도— 그런데.

섬뜩섬뜩 닭살이 돋았다. 왠지 나쁜 게 적혀있다는 것을 노엘의 본능이 느끼고 있었다. 모르는 언어라도, 때때로 나열이 아름다워 보일 때도 있다.

하지만 이 책의 내용은…… 불길했다.

"흠, 그렇군."

새파랗게 질린 노엘의 옆에서 카론은 팔짱을 끼고 고개를 끄덕이고 있었다.

"이, 읽을 수 있나요? 혼자만 알지 말고 설명해주세요."

"이건 〈악마문자〉라고 불리는 암호의 한 종류다. 좀 전의 시계에도 적혀있었다. 악마의 소환에 관련된 정보는 이처럼 특별한 암호로 기록한다. 악마문자의 문법은 사람의 수만큼 있다. 이것도 이 문장을 쓴 자밖에 해독할 수 없어. 뭐, 마술사의 각서 같은 거다."

"그럼 당신도 뭐라고 쓰여 있는지 모른다는 말이군요."

"그렇다. 하지만, 이런 걸 소지만 해도, 체포당해도 이상하지 않을 거다. 악마의 소환에 관한 게 적혀있는 건 틀림없으니까. 일단 한 권만 가지고 가는 것으로 하지."

카론은 정말로 오래 머물고 싶지 않은 듯, 책장을 그 이상 자세히 알아보려고 하지도 않았다. 노엘은 별로 무겁지 않은 한 권을 뽑아 들고, 카론을 따라 복도로 나왔다.

자라락.

그 소리는 노엘의 귀에도 들렸다.

노엘은 홱하고 카론을 올려다보았다. 목소리가 나오지 않았다. 하지만 말할 필요는 없었다. 커다란 금속…… 예를 들면 **두꺼운 쇠사슬** 같은…… 그런 것이 질질 끌리는 소리.

경계하고는 있지만, 틀림없다. 여기에 **있었다.**

그리고 그건 다가오고 있었다.

노엘과 카론은 바로 도망가려고 옆방의 문으로 향했다. 문이 잠겨 있었지만, 카론은 침착하게 주머니에서 열쇠를 꺼냈다. 문은 어렵지 않게 열렸다.

거기는 지금까지의 방과는 전혀 다른 모습이었다.

방은 좁고, 가구도 아무것도 없었다. 공기가 몹시 답답하고 묘한 냄새가 났다.

그리고 방 안에는 주홍색의 마법진이 그려져 있었다. 촉촉하고 어렴풋하게 빛나듯 보였다. 피 같은 색이 반짝이는 것이 뇌리에 박혔다.

"이건…… 꽤 작은 마법진이네요."

카론은 시저를 소환하기 위해서 거대한 마법진이 필요하다고 추측했었는데, 이건 노엘이 카론을 소환했을 때보다도 훨씬 작았다. 분명……. 다가가기 힘든 이상한 분위기이긴 하지만.

"호오."

카론은 겁 없이 마법진 쪽으로 다가가, 허리를 숙여 들여다보았다.

"……제4외부 보조식인가. 꽤 대규모로군. 러셀 본인이 그 악마와 계약했다고 보기 어렵다. 그렇다면 스케이프고트를 보조하기 위한 것인가?"

그는 여러 가지 알아낸 것이 있는 듯, 중얼중얼 신경 쓰이는 말을 중얼거렸다. 하지만 물론 노엘은 무슨 일인지 전혀 알 수 없었다.

"자, 잠깐만요. 혼자서만 납득하지 말라니까요! 이게 뭐죠?"

"이것도 거대한 마법진의 일부라고 할 수 있다. 소환하기 위한 마법진 본체 주위에 그리는 방식의 하나로 소환한 악마의 힘을 일시적으로 봉인하는 효과가 있다."

"호오, 그런 것도 할 수 있군요. ……저 때는 이런 걸 그리지 않았는데요?"

"소환자가 마음에 들지 않으면 그 즉시 죽이는 악마도 있으니까. 그런 야만적인 녀석을 소환할 때를 위한 보험이다."

"저 때도 필요했었겠네요."

"무슨 소리, 난 야만적이지 않잖아!"

"갑자기 팔다리를 잡아 찢는 게 야만이 아니면 뭔가요?!"

노엘이 톡하고 쏘아붙이자, 카론은 으르렁댔다.

하지만 말싸움을 할 때가 아니라고 생각했는지, 아니면 조금은 그렇다는 자각이 있었던 것일까. 그를 상대로 기를 죽이는 데 성공한 건 아주 드문 일이었다.

"……뭐 됐어요. 마법진은 도료를 살짝 훔치면 되는 거죠?"

"그래. 하지만 망가뜨리지 않는 게 좋을 거다. 이건…… 아직 **기동 중**이다."

"엇. 그럼 즉 너무 많이 훔쳐서 일부가 지워진다면……."

"바로 그 말이다. 이 부근을 살짝 훔치는 정도라면 괜찮을 거다."

카론이 가리킨 부분을 노엘은 벌벌 떨며 손수건으로 훔쳤다. 마치 방금 막 그린 것처럼 붉은 도료는 생생하게 손수건에 묻었다.

이 냄새와 색.

—피군요.

노엘은 마른침을 삼켰다.

피에 어떤 액체를 섞은 듯 보였다. 그것이 이 방에 퍼진 기묘한 냄새의 원인인 것 같았다.

카론을 소환할 때는 까마귀의 피를 썼다. 그렇다면 카론보다도 강력한, 게다가 무투파의 대악마를 소환할 때도 피를 쓰는 게 부자연스럽지 않았다.

단, 어떤 피인지— 노엘은 오래 생각하지 않기로 했다.

"아직 증거로 쓰기에는 약하군. 역시 본 회의장 안도 봐 둬야 할 것 같다. 2층에도 문은 있을 거다."

"아, 본 회의장에는 단차가 있군요. 콘서트홀처럼."

"너에겐 정치란 콘서트 정도의 것이냐?"

"무슨……! 콘서트를, 음악을 바보 취급하는 거죠!"

"흠."

바보 취급하면서도 방을 나가 계단을 올라가기 시작할 때는 카론은 노엘을 뒤에서 받쳐주었다.

그러고 보니, 음악에 관해서 카론은 그 지식을 보여준 적도 없거니와 화제로 삼은 적조차 없었다. 전혀 흥미가 없는 걸까.

2층에 도착했다. 보수작업 도중에 방치된 것인지, 자재가 복도에 여기저기 놓여 있었다. 1층 복도와는 달리, 살짝 너저분한 모습이었다. 창문은 변함없이 엄중하게 막혀 있었다.

본 회의실로 가는 문으로 향하던 그때.

조명이— 꺼졌다.

"헉?!"

너무 놀란 나머지, 도리어 비명도 나오지 않았다.

어둠을 무서워하는 노엘도 공포보다는 놀란 게 먼저라, 새카만 어둠 속에서 그저 경직되고 말았다. 머리에 갑자기 천이라도 씌워진 양, 완전한 어둠. 심장이 입으로 튀어나올 정도로 가슴이 두방망이질 쳤다.

하지만 금방 빛이 들어왔다.

정전이라고 하기엔 너무 짧았다. 마치 조명이 깜빡거리기라도 하는 것 같았다.

"아, 정말 대체 이게 뭐……."

자라락.

소리는 노엘와 카론의 바로 뒤에서 울렸다.

노엘은 이번에야말로 비명을 질렀다.

카론은 빛이 사라진 순간부터 노엘에게서 손을 뗐다. 그것을 잊고 뒷걸음질 치던 노엘은 하마터면 엉덩방아를 찧을 뻔했다.

계단 바로 앞에 커다란 그림자가 있었다. 칠흑 같은 로브를 걸치고, 목부터 두꺼운 사슬을 늘어뜨린, 태운 뼈처럼 새하얀 부리를 가진 그건— 악마였다.

대악마 시저.

"나타났군!"

카론이 노엘을 감싸며 앞으로 나왔다.

시저는 천천히 얼굴을 올렸지만, 눈 밑까지 깊숙이 쓴 후드 때문에 어떤 눈을 하고 있는지 알 수 없었다.

"어, 어느새 이렇게 가까이! 어, 어, 어, 어, 어떡하죠?!"

"당연히 도망쳐야지! 2층도 1층과 같은 구조다! 복도는 본 회의장을 빙 둘러 감싸고 있어. 이 앞으로 쭉 가면 계단까지 갈 수 있을 거다!"

"하지만 이 거리라면 제 걷는 속도로는……!"

"시간을 벌어 보겠다. 넌 차분히 한 발씩이라도 앞으로 나가겠다는 생각만 해!"

"아…… 알았어요!"

침착하라고 해도.

카론에게 뒤를 맡기고 뒤로 돌기만 했는데, 순간 발이 빠졌다. 넘어지지 않은 게 기적 같았다.

—안 돼. 침착해…… 침착해! 카론이 어떻게든 해줄 거야. 지금

까지, 어떤 위기도…… 헤쳐 나갔잖아!

발은 자신의 발이 아니다.

그러니까 괴로움이나 공포로 무릎이 떨려 걷지 못할 것도 없었다. 심장은 터질 것 같지만. 몸은 생각한 대로 움직여주지 않았지만.

"조금은 말하는 게 어떠냐, **새 머리**. 아니면 그 구속상태에서는 말도 못 하는 거냐?"

노엘의 등 뒤에서 카론이 동족을 도발했다. 노엘에겐 뒤를 돌아볼 여유 따윈 없었다.

그보다, 뒤를 돌면 또 다리가 꼬일 것 같았다.

큰 소리가 나고, 노엘은 깜짝 놀라 앞으로 꼬꾸라질 뻔했다. 쇠사슬이 내는 소리와 뭔가가 부서지는 소리였다.

노엘은 반사적으로 뒤돌아보고 말았다. 예상대로 순간 휘청였다. 하지만 노엘의 눈에 보인 광경은 놀라운 것이었다.

시저는 말없이 힘을 모은 후, 아무 말 없이 그대로 돌진했다. 바람이 윙윙 부는 소리가 들리자마자 시저의 몸 주변에는 흰색 오라가 휘감겼다.

카론은 방치된 자재들을 쇠사슬로 끌어당기고, 돌진해오는 시저에게 내던졌다.

쇠사슬의 기운과 카론의 모습으로 볼 때, 혼신의 힘을 다한 건 확실했다.

인간이라면 그 일격으로 산산조각이 났을지도 모른다. 하지만 시저는 아무 말 없이, 몸에 맞았는지, 충격파 때문인지 모르겠지만, 어쨌든 단번에 카론의 공격을 튕겨냈다.

"쳇, 재미없는 놈!"

카론의 후두부의 깃털이 후드득하고 곤두섰다.

우드득 소리가 나고, 검붉은 오라가 카론의 양팔에 휘감겼다.

다음 순간, 그의 양손에서 여러 개의 쇠사슬이 나타났다. 쇠사슬에 휘감긴 오라는 평소 이상으로 흉악한 이미지로 만들어져 있었다.

쇠사슬은 각각이 의사를 가진 뱀처럼 움직였고, 복도에 있는 가구와 자재를 한 번에 끌어당겨, 시저와 카론 사이에 순식간에 바리게이트를 만들었다.

바람이 윙윙거리는 소리가 바리게이트 저편에서 들려왔다.

노엘은 계속해서 걸었다. 복도 끝은 어두웠지만 무섭다고 할 때가 아니었다. 게다가 길고 긴 복도였다. 정말 건너편에도 계단이 있는 걸까. 어디까지 이어지는 걸까.

도망칠 수 있을까.

"……!"

서두르면 의족이 말도 안 되는 움직임을 한다. 자신의 다리였다면 생각할 수도 없을 움직임을.

쿠웅. 건물 전체가 흔들릴 만큼 엄청난 소리가 울려 퍼졌다. 다시 앞으로 꼬꾸라진 노엘의 볼을 가구 파편들이 스쳐 지나갔다.

시저는 카론이 만든 바리게이트를 한 번의 공격으로 파괴했다.

카론도 곧 한계가 올 것이다. 너무나도…… 강하다. 저것이 힘을 제한한 상태라는 말인가.

"카, 카론……!"

"난 괜찮다, 멈춰서지 마!"

카론은 다시 가구를 시저에게 내던졌다.

바리게이트를 파괴하는 데 나름 힘을 썼는지, 시저는 가구를 받아치지 않고, 휙하고 옆으로 재빨리 움직이며 회피했다.

카론은 쇠사슬 그 자체를 시저에게 세차게 내리쳤다.

시저의 로브가 떠오르고 키잉하고 공기가 떨렸다. 그는 팔 하나도 움직이지 않았는데 쇠사슬이 나가떨어졌다. 충격파가 같은 것을 다루는 모양이다.

다시, 사슬 무리가 소리를 내며 날아갔다.

벽의 일부, 천장의 들보, 창문에 붙여진 판자까지 떼서 다시 바리게이트를 만들어 올렸다.

"크……. 이대론 견딜 수 없겠군. 노엘, 넌 먼저 탈출해라! 내가 녀석을 붙잡고 있겠다!"

"하, 하지만!"

그 악마에게는 이길 수 없다.

자존심도 벗어던지고 카론은 그렇게 단언했다.

"너를 지키면서 가면 언젠가 붙잡히고 말 거다! 내 힘으로는 언제까지 붙잡을 수 있을지 모르지. 하지만 지금 네 역할은 흔적을 무사히 가지고 가는 거다. 넌 네가 할 수 있는 일을…… 도망치는 걸 완수해라!"

노엘은 대답할 말도 찾지 못했다.

"여기는 서로가 서로의 역할을 소화하는 것밖에, 헤쳐 나갈 길이 없어!"

바람을 가르는 소리가 들렸다.

노엘은…… 끄덕였다.

"아, 알았어요. 여기는 당신에게 맡길게요. 옥상이나 어딘가로 유인해서, 제가 나가는 게 보이면……. 아니, 뭔가 신호라도 보내겠어요. 그럼 당신도 바로 탈출하는 거예요!"

"물론이다. 이런 곳에서 끝날 순 없지!"

노엘은 카론에게서 등을 돌렸다.

도망가야 해.

그래, 어차피 이번 작전은 이렇게 도망가는 게 전제였다. 여기에 악마 소환의 흔적이 남아 있는 것도, 시저가 숨어있던 것도, 계획에 반영했었던 거다.

모든 게 예정대로인 것이다.

침착하게, 예정대로, 도망치면 된다.

카론을 내버려 둔 채 도망치는 게 아니다.

그를 믿고 **배후에 퇴로를 맡긴다**.

카론이 말한 대로, 여기서 끝낼 수 없어!

"……!"

한 발.

또 한 발.

바람이 가르는 소리와 파괴음은, 조금씩 멀어져갔다.

한 발. 또 한발, 노엘은 매우 낡은 복도를 걸어갔다.

노엘은 모퉁이를 돌아 나갔다.

카론은 그것을 곁눈질로 확인했다.

폭발음이 나고, 거의 도움도 되지 않는 바리게이트— 였던 것이 사방팔방으로 흩날렸다.

넓게 퍼지던 로브의 옷자락이 조용히 아래로 떨어지고, 악마는 돌의 파편과 먼지가 눈처럼 날릴 때 천천히 앞으로 걸어 나왔다.

시저는 여전히 한마디 말도 하지 않았다. 그 큰 힘을 휘두르면서도 기합 한 번 내지 않았다.

노엘을 놓친 것을 그는 이해할까. 아니, 이 모습을 보면, 카론과 노엘의 작전을 내다본 것 같았다.

하얀 악마는 까마귀 같은 악마의 앞에 우뚝 서 있었다.

카론은 히죽하고 붉은 눈을 웃는 모습으로 일그러뜨렸다.

“잠깐은 상대해주지, 시저. 아니면…… 러셀에 대한 불만을 디저트로, 티타임이라도 갖겠나?”

이 악마에게 육탄전으로 이길 수 없다는 것은 알고 있다.

그래도, 아무것도 해보지 않고 진다면 부아가 치밀 것이다.

그건 반 쯤 허세가 담긴 도발이었다. 하지만—.

“……카론.”

시저가 처음으로 말을 했다.

카론은 이 녀석은 정말로 말을 하지 못하는 건 아닐까 하고 생각하던 참이었기에, 조금이지만 놀랐다. 게다가 자신의 이름을 부를 줄이야.

목소리로 보아 이 녀석은 수컷형 악마.

속삭이듯, 중얼거리는 듯한 목소리는 의외로 맑았다.

“버로우즈는…… 몇 번이나 너의 이름을 말했었지. 녀석은 너를…….”

“…….”

“……너의 힘은 이 정도인가?”

바람이 웅웅거리기 시작했다.

그리고 카론의 팔에서는 붉은색과 검은색의 어두운 빛이 으드득 소리를 내며 새어 나왔다.

지금까지도. 앞으로도.

전력으로 싸운다.

한 발, 또 한 발.

걸어서 도망친다는, 어떤 의미로는 획기적이면서도 쓸모없는 전략.

겨드랑이 사이에 낀 읽지도 못하는 오래된 책이 성가셨다. 하지만, 이 책과 주머니 안에 든 손수건과 하얀 깃털은 반드시 가져가야 했다.

포기하지 않고 계속 걸어간 노엘은, 마침내 계단 아래까지 도달했다. 1층은 복도에 장애물도 없고, 계속해서 침착하게 걸어가면 탈출은—.

누군가 있었다!

"……! 버…… 버로우즈 시장! 이럴 때 하필……!"

빠른 걸음으로 정면 입구 쪽에서 걸어온 것은, 하필이면 러셀 버로우즈였다.

여기서 뒤가 구린 일을 해서 그런지, 경호원은 한 명도 동행하지 않았다.

그는 놀란 기색 하나 없이, 오히려 웃어 보였다.

"이 시간, 이 타이밍에 침입자……. 설마 하고 나와 봤더니 역시 너희들이었나!"

이쪽도 이쪽 나름대로 절체절명의 위기에 빠지고 말았다. 버로우즈는 자켓 안주머니에서 총을 빼 들었다.

그는 어떠한 망설임도 없이 방아쇠를 당겼다.

노엘에게 맞지는 않았다. 피하려다가 몸의 균형이 깨진, 그 바로 위를 총알이 날아간 것을 확인했다.

"큭……!"

노엘은 독설을 할 여유조차 없이, 서둘러 근처에 있는 문으로 달려갔다.

열려있었다!

정신없는 상태로 커다란 문을 열었다. 그곳은 카론과 함께 찾던 본 회의장이었다.

넘어질 듯 안으로 들어갔다.

피와 그 기묘한 냄새가 충만해 있었다. 그리고 무수한 양초에 불이 붙어 있었다.

"쳇……! 어디에 숨은 거냐!?"

천장의 샹들리에는 불이 꺼져 있었다. 게다가 큰 방의 구석엔 자재와 비품이 지저분하게 널려 있어, 창고처럼 돼 있었다.

양초 빛에만 기댈 수밖에 없는 지저분한 큰 방은 몸을 숨기기엔 최적의 장소였다.

버로우즈도 바로 본 회의장으로 들어왔지만, 금세 노엘을 놓치고 말았다. 노엘은 자재들 한구석에 몸을 숨겼다.

방금 전, 휘청거려서인지 의족이 한쪽 살짝 비틀려 있었다.

—침착해……. 침착해.

의족의 조정 연습을 해두길 정말로 다행이었다. 이 상황에서도 한쪽 팔로도, 카론의 도움 없이 의족의 위치를 원래대로 되돌릴 수 있었다.

"……이건."

노엘은 겨우 본 회의장 안을 돌아볼 수 있었다.

눈앞의 바닥에는 붉고, 어둠에 배일 듯이 빛나는 마법진이 그려져 있었다.

시의원 석은 강단과 의장석을 빙 감싸듯 배치되어 있었다. 책상 위에도 주홍색의 마법진과 꼬불거리는 글자가 그려져 있었다.

그리고 강단 앞 커다란 공간에는 직경 6m는 될 법한 마법진이 있었다.

글자와 기호가 빼곡히 그려져 있었다.

그 중앙의 마법진을 그리는 데만 며칠은 걸릴 것 같았다. 게다가 이 시의원 석과 바닥에까지 그려진 것도 저 마법진의 일부라면— 너무나도 거대하다.

카론을 소환하기 위한 마법진이 식은 죽 먹기처럼 느껴질 정도였다.

버로우즈의 발소리가 저 멀리서 들렸다. 완전히 노엘을 놓친 것 같았다.

총도 칼도 없었다. 특별히 들고 있던 건 짐이 된 고서뿐. 이 소중한 『흔적』조차도 지금은 내팽개치고 도망치고 싶을 정도였다.

갑자기 머리 위에서 큰 소리가 들렸다.

—카론……!

올려다보자, 채광창이 보였다. 검붉은 빛, 불꽃, 하얀빛이 뒤엉켜 있었다.

하지만, 밤하늘은 캄캄했고, 이곳에는 양초 불밖에 없었다. 카론과 시저는 새카맸다. 두 사람의 모습은 보이지 않았다.

위층에 싸움은 도대체 어떻게 되어가고 있는 걸까. 카론의 자기분석과 시저의 무투력으로 본다면, 시간을 오래 끌지 못하는 건 명백했다. 조바심은 금물이라는 건 알지만, 노엘은 초조함에 그림자에서 튀어 나가고 말았다.

총성이 울렸다.

노엘의 작은 몸이 순간 움츠러들었다. 하지만 총알은 완전히 엉뚱한 곳으로 날아간 것 같다. 이 어두운 곳에서는 표적을 조준할 수 없을 것이다.

노엘은 과거 시의원들이 썼을 중후한 목제 의석 아래로 숨었다. 좀 전의 큰 소리로, 버로우즈도 위에서 무슨 일이 일어나고 있는지 파악한 듯 보였다.

"의지해야할 카론은 시저와 분투 중인가, 하하하! 그 녀석은 시저가 죽일 거다. 그리고 넌 내가 죽이고, 그걸로 끝이다!"

버로우즈의 자신감이 과잉된 모습은 꽤 익숙해졌다. 화는 나지만, 자칫하다가는 정말로 이대로 끝날 수 있는 상황이란 건 사실이었다.

여기가 시저의 소환 장소인 것은 확실했고, 카론의 추측대로 마법진은 지금도 『기동 중』으로 보였다. 양초 위치에도 의미가 있는 게 분명했다.

작은 방에서 찾은 『제4외부 보조식』. 그건 시저의 힘을 봉인하기 위한 것으로 망가뜨리면 우리 쪽이 불리해질 가능성이 높았다.

……그렇지만, 이 마법진은? 여기에서 무언가를 어떻게 하면, 시저가 약해지거나 〈개념〉으로 돌아가지 않을까?

버로우즈의 발소리가 가까워졌다.

모 아니면 도였다. 아무것도 하지 않으면 상황은 아무것도 바뀌지 않는다. 오히려 악화할 거다.

노엘은 책상 아래에서 튀어 나갔다.

가능한 한 서둘렀지만, 일반 사람의 빠른 걸음보다도 느린 속도일지도 모른다.

그래도 어슴푸레한 어둠이 노엘의 편이 되어주었다. 아니면 버로우즈의 사격 실력이 엉망인 걸일까. 세 발을 연속으로 쐈지만, 총알은 노엘을 스치지도 않았다. 한 발이 책상에 박히며, 뼈가 부러지는 듯한 꺼림칙한 소리가 났다.

“어이. 어중간한 곳에 맞으면 괜히 아프기만 하다고!”

버로우즈는 초조해지기 시작한 것 같았다.

그가 사격의 명수가 아니라 다행이었다.

그 총에 맞을 줄 아나.

고통스러운 순간이 올지도 모른다는 생각은 항상 마음속에 있었다. 그것이 싸움이라는 것.

그래봐야 팔다리를 찢어질 때의 고통보다도 괴로운 고통일리는 없다. 그런 게 있다면 누가 알려주길 바랄 정도다.

노엘의 머릿속은 반쯤 패닉 상태였다.

그래도 남은 반은…….

희망을 안고 있었다.

총알이 의족을 스쳐 작은 충격이 일었다. 노엘은 무심코 멈추어

섰다.

그곳은 본 회의장 중앙. 거대한 마법진 안이었다.

“크윽…… 무슨 일이지? 노엘. 이런, 숨을 곳도 없는 한복판으로 뛰어들다니.”

“윽…….”

“도망칠 곳을 잘못 알았나?”

“……아뇨.”

어깨로 숨을 내쉬면서 노엘은 반론했다.

버로우즈는 여유작작한 모습으로, 총을 쥐고 노엘의 정면으로 걸어왔다.

궁지에 몰렸을 터인데, 당당히 자신을 노려보는 노엘을 이해할 수 없었던 것일까?

아니면 반론 당한 것이 마음에 들지 않았던 것일까? 버로우즈가 미간을 찌푸렸다.

“이 방에서 저 시저를 소환한 거군요? 여기에서 뭔가를 하면 시저를 어떻게 할 수 있을지도 모르는 거죠?”

“……지금 남 걱정할 때인가? 여유가 있는 건가, 아니면 이 상황을 이해 못 했나?”

좀 전까지의 큰 소리로 웃던 모습은 어디 가고, 버로우즈는 심기 불편한 표정으로 중얼거렸다.

"분명 시저와의 계약 유지에는 이 마법진이 필요하다. 이렇게 눈에 띄는 건 빨리 치워버리고 싶은데 말이지. 하지만 마법진으로 녀석을 구속하고 힘을 제한하지 않으면, **계약자**의 부담이 너무 커진다."

"역시…… 당신이 직접 계약한 게 아니었군요."

"흠. 내 방식은 네가 제일 잘 알고 있을 텐데? 노엘 체르퀘티."

"……이 비열한!"

노엘의 가슴에서 짜증과 분노가 솟구쳤다.

누군지는 알 수 없지만— 이 남자에게 속아서 시저를 소환하고 계약한 사람이 있다.

저 정도의 대악마다. 대체 어느 만큼의 대가를 지불했을 것인가.

마치 노엘의 분노를 즐기는 듯 버로우즈의 입꼬리가 올라갔다.

"결국 복수니 뭐니 지껄이지만, 카론 없이는 이 꼴이지. ……죽여 봐라, 나를. 너를 속여 넘긴 나쁜 시장께서 네 앞에 있잖나?"

버로우즈가 총을 고쳐 쥐었다.

머리 위에서 다시 무언가가 파괴되는 소리가 들려왔다.

노엘은 움직일 수 없었다.

아무리 버로우즈라도 이 거리에서 쏘면 빗나가지 않을 것이다.

여기까지일까.

아니.

여기서 끝나게 두지 않을 것이다.

Passage 5

해방

일격이 너무 무겁다.

그래도 시저의 힘이 제한되어 있다는 것은 잘 알 수 있었다.

카론은 지금까지 절묘하게 직격만은 피했다. 하지만, 아무리 잘 피해도 양팔과 갈비뼈에 찌르르 충격이 가해졌다.

하지만 일격이 무거운 건 시저의 움직임 자체도 『무겁기』 때문이다.

목에 매달린 검붉은 색의 두꺼운 사슬은 실체를 동반한 저주에 가까웠다. 저것이 물리적으로도 개념적으로도 시저의 힘을 억제하고 있었다.

가끔 카론은 실수로 자신의 사슬을 시저의 구속에 맞춰버릴 때도 있었다. 구속을 자극하는 행동은 피하고 싶었지만, 거기까지 정밀하게 사슬을 다룰 여유가 없었다.

하지만 시저의 사슬은 카론의 공격을 받아쳤다. 악마의 힘 그 자체를 부정하고 반사 내지는 무력화하는 힘이 있는 것 같았다.

절망적인 싸움이지만, 딱 하나 희망이 생겼다.

시저는 이 이상 강해지지 않는다는 것이었다.

—그것이 『희망』인 건가. 그것만이…….

자신의 한심스러움에 카론은 진절머리가 났다.

노엘에게 과거를 얘기했다. 그것 또한 자신의 한심스러움을 재확인할 뿐인 행위였다.

『그렇게 또 하나……. **제멋대로 하실 건**가요?』

아직 어린 꼬맹이에게 그런 가슴 아픈 말까지 듣고.

지금은 이렇게 같은 악마의 공격을 받아넘기면서 의사당 안을 도망다니고 있었다.

체력은…… 아직 충분히 남아 있었다. 한 번도 공격을 제대로 맞지 않은 덕분이지만, 이 집중력과 행운이 언제까지 이어질지.

카론은 계단 끝까지 올라갔다. 눈앞에 문이 있었지만, 발로 차서 격파했다.

차가운 밤바람이 불어 들어왔다.

문의 반대편은 옥상이었다. 여기에도 자재가 산처럼 쌓여 있었다.

자신도 모르게 카론은 신선한 공기를 크게 들이마시면서 옥상으로 뛰어나갔다.

두꺼운 사슬이 흔들리는 소리가 쫓아왔다— 천천히.

시저는 일부러 천천히 쫓아오는 것 같았다. 호러 영화의 살인귀를 따라 하는 것처럼.

하지만 카론은 감각적으로 알 수 있었다. 녀석은 조금이지만 피로가 쌓였다. 아마 강력한 구속 때문일 것이다.

—그렇다면……. 여기서 공격을 할까. 정면승부라면, 지금이다.

시저가 옥상에 모습을 나타냈다.

나타나자마자, 아무 말 없이 힘을 비축하기 시작했다. 창백한 빛과 바람이 웅웅 소리를 냈다.

돌진.

탁 트인 옥상이 싸우기 더 쉬웠다. 게다가 역시, 움직임이 둔해졌다. 그리고 제대로 힘을 제어할 수 없는지, 힘이 남아도는 시저는 벽에 부딪히다가 겨우 멈췄다.

카론은 거의 아무 생각도 하지 않았다. 몸이 마음대로 반응했다.

시저의 등에, 꺼낼 수 있는 모든 사슬로 마구 내리쳤다. 지금까지 공격은 전부 튕겨냈지만, 이번에 처음으로 제대로 맞았다.

시저가 조용히 뒤돌아보았다. 신음소리 하나 내지 않았다.

시저에게서 바람이 일었다. 발톱 공격도 먹여주고 싶었지만, 카론은 끈질기게 쫓지 않고 재빨리 거리를 뒀다.

다시 돌진.

그대로 옥상 언저리에서 떨어져 줬으면 좋겠다.

하지만 이번엔 조금 힘을 세이브한 것일까.

시저는 떨어지기 직전에 멈춰 섰다. 시저의 발아래 석재 옥상이 파이며 하얀 연기가 일었다. 뒤로 돌아서려는 그 머리에 카론은 늘어뜨린 사슬을 내리쳤다.

시저의 몸이 살짝 뒤로 젖혀졌다.

이대로 밀어버릴 수 있을까.

뒤로 밀려난 틈을 놓치지 않고, 간격을 좁혀 추가 공격. 두 번, 세 번의 공격.

네 번—.

"—!"

뭔가가 왔다.

카론은 직감에 따라, 옆으로 뛰어 피했다.

시저가…… 무언가를 한 것일까.

청각이 마비되었다. 시저의 주변의 돌들이 순식간에 갈기갈기 잘게 잘리고, 도려 내지며 연기가 되어 흩어졌다.

그런 기술도 있었던가. 지금까지의 공격은, 역시 날 얕보고 있었던 것인가.

아니다……. 시저가 크게 숨을 내쉰 것을 알 수 있었다.

이 기술은 꽤 체력 소모가 큰 것이리라.

카론은 시저의 품속으로 들어갔다.

1초도 걸리지 않았다.

사슬을 시저의 목과 몸에 칭칭 감았다. 시저가 조금 발버둥쳤다. 등을 발로 찼다.

시저의 몸이 흔들렸다. 사슬이 산산이 부서졌다. 카론의 귓가에서 바람이 절규했다.

이 거리에서.

시저는 도움닫기도 없이 갑자기 몸을 부딪쳐 왔다.

아슬아슬하게 간신히 피할 수 있었다.

의사당의 정면 입구 광장이 시야에 들어왔다. 노엘의 모습은 없었다. 목소리도 들리지 않았다.

—노엘…… 아직인가? 설마 무슨 문제라도?

자세를 가다듬자 시저의 등이 보였다. 사슬로 내리치려고 했지만, 이번엔 전부 튕겨졌다. 진부한 표현이지만 「등에 눈이 달린 듯한」 반응이었다.

시저가 뒤로 돌았다. 검붉은 색의 사슬이 무게감 있는 소리를 냈다.

온다.

시저가 맹렬히 돌진해왔다. 지금까지의 기세 중 가장 빠르고 거친 공격이었다. 창백한 바람과 충격은, 분명 피했을 터인 카론의 어깨와 볼에 작은 상처를 냈다.

"크흑……."

이 정도로 끝난 건 행운이었다.

시저는 이번 공격에서 멈추는 것을 고려하지 않았는지, 그대로 자재 더미에 처박혔다.

그 소리에 옥상 전체가 흔들렸다. 마치 폭발음 같았다.

옥상이 수복 작업 도중에 방치되었는지 쌓여 있던 자재들은 대부분이 석재였다. 시저는 부서진 돌에 파묻혔다.

추가 공격을 하려던 카론은 생각을 바꿨다.

아무리 해도 저 악마를 이길 순 없다. 분하지만, 그건 확실했다.

지금 자신이 해야 하는 건 어디까지나 시간 벌기. 이제부턴 도망치는 것만 생각한다.

조금이라도 거리를 둬야 했다. 시저와의 근거리 전은 너무 위험하다.

카론은 그 자리를 떠났다.

어깨의 상처는…… 크지 않은 것 같았다. 볼에서 흐르는 피를 닦자, 이미 거기에 있던 상처는 살이 차오르고 있었다.

"……!"

옥상을 달리던 카론의 눈에 채광창이 들어왔다.

위에 올라간다고 깨지진 않겠지만, 있는 힘껏 뛰어넘는 게 나을 것이다. 카론은 멈춰 서서 채광창 아래를 보았다.

새까맣지만…… 그에겐 보였다. 붉은 양초가 법칙성을 가지고 늘어서서 불이 켜져 있었다.

그리고 거대하고 복잡한 마법진이 그려져 있었다.

“이 아래는 본 회의장일 터……. 역시 여기에 소환을 위한 마법진이…….”

악마를 소환할 때 그린 마법진은 볼일이 다 끝나면 바로 지우는 게 일반적이다. 악마의 소환 자체가 중대한 범죄인 인간 사회에서는 방치해 봤자 좋을 일이 없었다.

버로우즈는 자신의 신변이 걸린 일에 몹시 주의 깊은 사내다. 그가 아직도 시저 소환용 마법진을 남겨두고 있다는 것은—.

지우고 싶어도 지울 수 없다는 것.

등 뒤에서 기와 조각이 무너지는 소리가 들렸다.

카론이 뒤돌아보자, 부서진 석재 더미에서 시저가 천천히 일어나고 있었다. 얼굴은 변함없이 검은 후드로 대부분을 가려져있다. 표정을 읽을 수 없었다.

조금이라도 데미지를 입었으면 좋으련만.

—조금 더 이 녀석을 상대할까.

카론은 조용히 그리고 크게 호흡을 정리했다.

단숨에 채광창을 뛰어넘었다.

채광창을 가운데 두고, 시저와 정면으로 대치했다.

하지만, 그때. 채광창 아래에서 꺼림칙한 소리가 났다. 그건 바로 총성이었다.

깜짝 놀란 카론이 채광창 아래를 들여다보자, 거대한 마법진

중앙에 노엘이 굴러 들어가는 게 보였다.

그리고 이어서— 그 남자의 모습이 나타났다.

—러셀?! 어느새 나타난 거지?! 제기랄, 노엘을 혼자 둬선 안됐나! 이대론 위험해!

버로우즈는 총을 가졌다. 그에겐 실시간으로 이 의사당의 모습을 확인할 수단이 있었을지 모른다.

감시 카메라 한, 두 개쯤 설치되어 있는 건 보았지만, 설마 버로우즈가 직접 나설 줄이야.

—어지간히 승산이 있다는 건가? 지금의 녀석은, 돌다리도 두드려 보려고 할 거다. 분명 시저가 있다면 자신이 있었을 법도…….

카론의 마음에 문득 정체를 알 수 없는 감각이 스쳐 지나갔다.

이건…… 그래, 『꺼림칙한 예감』이라는 것이었다.

꺼림칙한 예감이든 뭐든, 지금은 완전히 절체절명의 위기지만.

노엘은 버로우즈의 앞에 서서, 뭔가를 말하고 있었다. 평소 같은 독설일까.

—노엘, 뭘 하는 거냐! 왜 도망치지 않는 거지?!

버로우즈가 총을 겨누고 있어 쉽게 도망칠 상황이 아니란 건 알 수 있었다.

하지만 그런 것이 아니었다.

노엘은— 버로우즈에게 덤비고 있었다. 정면으로.

죽여 봐라, 나를.

그 말에도, 그렇게 말하는 버로우즈의 얼굴에도 똑똑히 그의 본심이 드러나 있었다.

어차피 못할 거잖아.

여기서 노엘도 카론도 죽는다.

그는 그렇게 확신했다.

……그렇지만.

"버로우즈 시장. 당신은 그저 단순한 겁쟁이군요."

노엘이 단호히 말하자 버로우즈의 얼굴에서 미소가 사라졌다.

"……뭐라고?"

"당신과 카론의 과거를 아니까, 한 번은 당신에게 말해둬야겠다고 생각했어요. 과거엔, 꽤나 카론이 멋대로 하도록 둔 것 같지만……. 결국엔 대가가 두려우니까 모든 걸 배신하고, 얼굴에 철판을 깔고 살아왔죠. 그저 겁쟁이일 뿐."

"흠, 카론에게 옛날이야기라도 들었나? 하찮은 얘기를……."

"네, 정말로 하찮고 쓸모없는 남자의 이야기였어요. 지금까지 당신은 악마처럼 오만하니까 모든 걸 지배하려 한다고 생각했는데……. 아니었어요. 두려우니까 내려다보려고 하는 거였어요. 배신당하는 게 무서워서 쓰고 처리한다. 그저 그뿐이었어요, 당신은."

"……어처구니가 없군. 내 야망은 그런 한심한 것과 다르다."

"아뇨, 다르지 않아요. 당신은 지금도 저와 카론에게 파멸될까 봐 두려워하죠. 그런 겁쟁이한텐 질 수 없어요. 저도 카론도……!"

"다 안다는 듯 말하지 마라, 이 꼬맹아. 지금의 난 이미……."

버로우즈의 눈빛이 변했다.

노엘의 말에 정곡을 찔린 것일까. 아니면 단순히 『멍청한 꼬맹이』라고 생각했던 인간에게 건방진 소리를 들어서 열 받은 것뿐일까.

버로우즈는 한 발 앞으로 걸어 나와, 다시 총을 조준했다.

"내가 널 두려워한다고? 그 반대겠지. 너야말로, 지금! 날 두려워하는 것 아니냐! 그렇게까지 말한다면, 해 봐라. 카론에게 도움을 청하고 이 상황을 반전시켜 보란 말이다!"

가능할 리가 없었다.

버로우즈는 그걸 확신했다.

하지만 그 비웃음은 살짝 굳어있었다.

"아…… 정말! 꼭 중요할 때 없다니까요! 상급 악마 하나, 둘쯤은 혼자서 어떻게든 해치우고 빨리 절 구하러 오세요!"

노엘은 턱을 들고 크게 소리쳤다.

"계약을 맺은 이상, 제가 죽는다면 당신의 미학이 제 길동무가 된단 말이에요!!"

그는 옥상에 있었다.

—노엘…… 넌…….

카론은 놀랐다.

—넌 도망치지 않는 것이냐.

멍청한 꼬맹이라고 생각했었다. 사실 아직 어린애고 세상 물정도 모르고 어리석고 우스꽝스럽기까지 하다.

하지만…… 어떤가.

그녀는 도망치지 않았다.

—과거 내가 도망친, 그 순간조차 너라면 맞설 수 있었을까?

눈앞에는 대악마 시저. 도저히 이길 수 없는 격차의 상대.

그건 지금 카론의 발밑에 있는 노엘이 놓인 상황과 완전히 똑같았다.

카론은 생각을 고쳤다. 여기엔 『도망치는 것』을 전제로 잠입했다. 머릿속은 처음부터 도망갈 생각으로 가득 차 있었다. 노엘도 딱히 이 생각에 반발하지 않았다.

하지만…… 어떠한가. 실제로 일어난 이 전개는.

—노엘. 다리도 없는 너의 어리석은 무모함이…… 도망칠 수밖에 없었던 날, 바꾸는 것이냐……. 그렇다면 지금 내가 해야 할 것은…….

시저는 채광창을 사이로 반대편에 흔들거리며 서 있다. 언뜻 아무 생각 없이 보이지만, 살기가 늘어난 것을 느낄 수 있었다. 화가 난 것인가. 아니면 버로우즈가 온 것을 알고 빨리 결판을 내야 한다고 판단한 것인가.

"……끝이다, 카론."

시저가 살짝 고개를 숙이고 나직이 짧게 속삭였다.

작은 속삭임이었지만, 악마인 카론에겐 잘 들렸다.

—지금, 해야 할 것은. 이 자리를 어떻게 헤쳐 나갈 것인지 생각하는 게 아니다.

카론도 고개를 숙이고 시저를 응시했다.

시저가— 공기를 가르면서 굉음을 내며 돌진해왔다.

『빨리 절 구하러 오세요! 제가 죽는다면 당신의 미학이 제 길동무가 된단 말이에요!!』

지금 해야 할 것.

"지금까지의 나를 깨부수는 거다!!"

카론 또한 도망치는 것을 그만뒀다. 반대로, 앞으로 뛰었다.

빠른 속도로 몸을 부딪치자, 시저가 순간 아주 약간 기세가 꺾이는 것을 느꼈다. 그도 그럴 것이다. 설마 반대로 돌진할 줄은 몰랐을 것이다.

후드 안에서 붉은 눈이 번쩍이는 것이 순간 보였다. 이 악마도 붉은 눈이었던가.

카론은 시저의 발에 사슬을 감았다. 바로 파괴될 걸 알고 있었다. 동시에 발아래에 사슬을 내리쳤다.

고풍스럽고 엄숙한 채광창의 골조를 파괴했다.

노엘이 채광창을 우러러보며 큰소리를 외치고 1초 후.

아래에서 보면 굉장히 예술적인 채광창이, 귀청을 찢는 듯한 소리를 내며 붕괴했다.

"뭐냐?!"

버로우즈도 역시 당황한 듯, 노엘에서 채광창으로 눈을 옮겼다.

대량의 유리 파편이나 기와 조각, 부서진 골조와 함께, 두 개의 커다란 검은 덩어리가 떨어졌다.

날개 없는 새들.

백과 흑의 악마.

"비켜어어어어어어어!!"

악마 하나가 필사적으로 노엘에게 고함쳤다.

노엘은 황급히 피했다.

버로우즈도 노엘을 쏠 때가 아니었다.

도망친 그의 옆에는 시저가 떨어졌다.

"……커헉!"

카론과 달리, 몸이 구속된 그는 전혀 낙법을 취할 수 없었다. 몇 개의 뼈가 한 번에 부러지는 섬뜩한 소리. 게다가 유리 파편과 기와 조각이 쏟아져 내렸다.

"카론!!"

노엘은 휘청거리며 카론에게 달려갔다. 카론도 무사하지는 않았다. 커다란 유리 파편에 찔려 오른쪽 어깨에서 피가 흐르고 있었다.

"너무 무모하잖아요! 악마가 아니었으면 골절 정도로 끝나지 않았을 거예요!"

"……컥, 하지만…… 악마라 골절 정도로 끝난 것 같군. 아쿠에리어스 옥상에 비하면 아무것도 아니다."

카론은 붉은 눈을 가늘게 떴다. 어깨를 누르면서 그는 천천히 일어섰다.

"그런 얘기가 아니잖아요, 정말. ……그래도 솔직히, 덕분에 살았어요."

두 사람은 같은 인물을 바라보았다.

버로우즈는 시저의 낙하로 균형을 잃고 쓰러졌다. 그리고 이런 일이 일어나리라곤 생각도 못 한 모양이었다.

"이, 이 자식……! 웃기지 마라!"

총구를, 노엘에 향한 건지, 카론에게 향한 건지.

분명치 않았다.

그가 오른손을 든 것과 동시에, 카론이 사슬로 그 총을 내리쳤다. 버로우즈가 비명 소리를 냈다. 손목을 다친 걸까. 총은 산산조각 나며 날아가 버렸다.

"윽…… 시저! 언제까지 누워있을 거냐?! 빨리 이 자식들을 때려죽여라!!"

버로우즈의 고함에서 초조함이 보였다. 하지만 돌더미 아래 깔린 시저는 작게 신음소리를 낼 뿐이었다. 미동도 하지 않았다—할 수 없어 보였다.

"소용없다. 아무리 강인하다고 해도 얼마 동안 일어나지 못하겠지."

"큭……."

"……."

노엘은 카론의 옆모습을 힐끔 올려다보았다.

과거를 밝힌 후라 그런지, 그가 버로우즈를 보는 표정이 이전과 달라 보였다.

하지만 그 얼굴에는 망설임이 없었다. 눈 돌아갈 정도의 분노도 없었다.

그 모습을 보자, 어느새 노엘도 마음이 진정됐다.

"버로우즈 시장. 저희는 여기서 악마 소환의 흔적을 몇 개나 찾았습니다. 이걸 조사하면 악마와 당신의 연결 고리를 찾을 수 있겠죠. 그리고 지금 당신은 저희를 막을 수단도 없어요. 체크 메이트에요!"

그 말을 내뱉자—.

버로우즈는 찰나의 순간 멍한 얼굴을 했다.

하지만 점차 그는…… 평소와 같이…… 웃었다.

카론이 눈살을 찌푸렸다. 순간 그가 손에 힘을 넣기 시작하는 것을 노엘은 느낄 수 있었다.

"그 『흔적』에서 나와 악마의 연결고리가? 그렇게 생각한다면 마음껏 찾아봐라. 이제 와서 그런 조사를 한들 아무것도 나오지 않을 거다. 내가 대책을 강구 안 했을 것 같나?"

변함없는 자신감이었다.

하지만 노엘도 카론과 같이 경계하기 시작했다.

—버로우즈는…… 아직, 뭔가 대책이 있는 것인가?

저 자신감. 그렇지 않다면 너무나도 부자연스러웠다.

"카론. 아주 거하게 문화제 채광창을 박살을 내버렸군. 심야라는 것과는 상관없이, 이 소란은 치명적이다. 앞으로 몇 분이 지나면 경찰이 달려올까?"

"……지금은 네 특기인 연설로 넘어갈 수 없을 거다. 뭣하면 지금, 이 자리에서 널 죽이고 도망칠 수도 있다."

픕하고 버로우즈가 비웃었다.

"그렇겐 못 하지."

"옛날의 나라고 생각하지 마라. 설령 상대가 너라 하더라도 반드시 대가를……."

"그런 말이 아니야. 아무도 날 죽일 수 없다는 말이다. 불가능하다. 지금의 난 너희에게 당하지 않는다. 그리고…… 노엘 체르퀘티가 러셀 버로우즈에게 복수하는 건 용납되지 않는다."

"당신의 말에는 이젠 속지 않아요! 이미 당신에게 도망칠 곳은……."

"안 돼, 노엘. 그 이상 자신을 버려선 안 돼."

"……어."

노엘은 얼어붙었다.

이 목소리. 잘못 들었다고 생각했다.

"복수는, 아무것도 낳지 않아."

착각이 아니었다.

어둑어둑한 본 회의장 중앙에, 유유히 걸어 나오는 한 소녀. 푸른 머리칼과 자수정처럼 아름다운, 보랏빛의 눈동자…….

그리고 노엘과는 대조적인 순백의 드레스.

"소개하지. 올해 식전 연주자이며, 대악마 시저의 계약자인 질리안 리트너 양이다."

버로우즈의 말은 마치 승리 선언과 같았다. 모든 걸 놓고 보았을 때 자신들이 이겼다고 말하는 것처럼 보였다.

질리안은 우쭐하지도, 수줍어하지도 않고 미소를 띠고 있었다. 그저 똑바로 노엘을 바라보며 웃었다.

악마들의 피투성이에, 초연의 냄새마저도 감도는 아수라장. 이 안에서 질리안은…… 정말로 순수한 미소를 띠고 있었다.

그녀의 하얀 드레스의 허리춤에 달린 푸른 장미 코사지가 흔들렸다.

어째서 여기에 질리안이 있는 걸까.

시저의 계약자라니 어떻게 된 것일까.

그건 충격이었다. 하지만.

노엘은…… 등골이 얼어붙었다.

질리안의 미소가—.

"노엘. 넌 버로우즈 시장에게 복수해선 안 돼. 이제 그만하자, 복수 같은 건. 괴로운 과거는 잊고, 앞으로 펼쳐질 미래를 살아가자!"

무서워.

“……무, 무, 무슨 말을 하는 거죠, 질리안?”

“아앗, 미안해, 노엘. 혼란스럽겠구나.”

질리안의 표정이 확 바뀌었다. 미간을 팔자로 하며 진심으로 미안한 듯한 얼굴로.

“그치만, 이렇게라도 하지 않으면, 노엘은 거기 있는 악마와 함께 점점 멀리 가버릴 테니까. 그래서 내가 구해 줄 수밖에 없다고, **나밖에** 널 구해줄 수 없다고, 병원 침대에서 그렇게 생각한 거야!”

그 눈동자는 반짝반짝 빛나고 있었다.

이 정체를 알 수 없는 마법진이 뿜는 흐릿한 빛과, 수많은 양초가 비추는 공간 속에서, 자수정처럼 반짝반짝 빛났다.

반짝반짝, 반짝반짝.

질리안의 마음속은 고양감과 소망과 친구에 대한 사랑으로 가득했다.

그 이상의 것은 아무것도 없었다.

그 사랑만으로 이렇게까지 할 수 있었다.

혼자서 거대한 마법진을 그리는 것도. 악마를 소환하여 친구와 같은 범죄자가 되는 것도. 그 순수하고 완벽하게 아름다운『우정』만 있다면, 간단히 넘을 수 있는 벽이었다.

노엘의 왼손의 손가락이 덜덜덜덜 떨렸다.

—저게? 질리안? **진짜 질리안**?

"러셀…… 대체 넌……."

"잠깐 기다려, 카론. 이번만은 완전한 합의에 의한 계약이니까. 나도 깜짝 놀랐다. 그리고 무엇 하나 속이지 않았다.

"……."

카론도 질리안의 눈과 표정으로 깨달았다. 카론이 묵묵히 지켜보자, 버로우즈가 득의양양하게 말을 시작했다.

"질리안 양이 내가 부탁한 건, 특별히, 월등하게 강한 악마의 소환 방법을 알려달라는 것이었다. 질리안 양은 더 이상 노엘 양이 위험한 일을 당하지 않길 바란다고 했다. 이 얼마나 마음씨 착하고 기특한 친구가 아니냐. 실로 아름다운 우정이다!"

"지…… 질리안."

노엘은 목소리를 쥐어짰다.

무슨 말을 하면 좋을지 전혀 떠오르지 않았다.

왜냐면…….

저 아이에겐 무슨 말을 해도 소용없을 것 같다.

"노엘. 그런 몸이 되고도, 위험한 싸움을 계속하고, 지명수배범까지 되다니. 더 이상 라프라스의 나쁜 일에 연관되면, 너도 **파멸**하고 말 거야. 난 네가 포기할 때까지 네 앞을 계속 가로막을 거야. 내 몸도 목숨도 이제 어떻게 되든 상관없어. 나밖에 널 구할 수 있는 사람은 없으니까. 넌 나를 폭탄마에게서 구해주었는걸. 나에게만 은혜를 갚을 권리가 있는 거야. 부디 앞으로는 조용하고 행복하게 손에 피 묻히지 않고 라프라스의 어둠과는 상관없이 멀리 어딘가에서 혼자 조용히 행복하게 악마 따위는 잊고 살아가. 노엘, 저기 듣고 있어? 아아, 노엘 내가 널 구해줄게."

"……아, 노엘, 카론. 일단 여기는 무승부로 끝내지 않겠나?"

"싫다면?"

카론이 냉정하게 딱 잘라 말하자, 질리안의 눈빛이 변했다.

마치 쓰레기나 해충을 보는 듯한 눈. 그런 눈으로 카론을 노려보았다.

아름다운 보랏빛 반짝임 아래에서 끝없는 감정이 소용돌이쳤다.

"이 마법진을 망가뜨려서 시저의 구속을 해제하겠어."

그리고 그 눈으로 돌 더미 아래의 시저를 바라보았다.

"시저."

부르는 모습은 마치 개 주인 같았다.

하지만 대악마는 그것에 응했다.

돌 더미들을 밀어젖히고, 시저는 일어섰다. 몸 전체에 박힌 크고 작은 유리 파편이 저절로 후두둑 떨어졌다.

피투성이에 약간 휘청거렸지만, 그래도 그는 일어섰다. 그 강함은 역시 흔들림 없는 것이었다.

그런 그가 구속에서 해방된다면…….

"……노엘."

카론이 조용히 부르는 소리에 그제서야 노엘은 정신이 들었다.

똑바로 바라보는 질리안의 눈길에서 눈을 돌렸다.

"저런 대악마를 거느리면서, 질리안에겐 러셀과 맞설 의사가 없다. 말하는 걸 봤을 때, 러셀이 널 죽이려 해도 저지하겠지. 하지만…… 이건 양쪽을 견제하는 게 아니야. 실질적으론 러셀 쪽에 한 명 늘어난 것과 마찬가지다."

"……어째서, 이런 일이……. 질리안만은 더 이상 끌어들이고 싶지 않았는데……. 왜 질리안이 자신의 의지로 악마와 계약해버린 거죠? 어째서……!

"좀 전에도 말했잖아, 노엘. 은혜를 갚는 거라고!"

"뭐?"

"그리고, 그리고 자, 봐. 우린 친구잖아? 이건 당연한 거야."

"지, 질리안……."

"이제 어쩔 수 없어, 노엘. 오히려 시저와 시장을 상대로 잘 싸웠어. 하지만 이제 곧 경찰이 도착할 거야. 그러면 노엘, 체포될걸? 팔다리를 잃고 아름다운 눈 한쪽도 잃었는데, 범죄자로 잡히는 건 싫지? 싫을 거야, 난 싫어 정말 그런 거. 여기서 도망치는 건 부끄러운 게 아니야. 그리고 그거 가지고 가도 돼. 아무 의미도 없는 거니까. 그러니까 지금 당장 빨리 여기서 도망가. 복수 따위 이젠 끝. 자, 진짜 끝! 응?"

"……안심해라. 너희들이 꼴사납게 도망치는 건 이미 익숙하다. 이제 와서 그걸 보고 웃지 않을 테니 얼른 사라져라. 이제 난 웃는 것도 지겨우니까."

버로우즈의 빈정대는 말은 아무래도 좋았다.

그것보다도 질리안이 먼저였다.

배후에 뼈와 같은 색의 악마를 거느리며, 천사나 신부처럼 순백의 드레스를 입고 눈을 반짝이는 소녀.

그것에서 노엘은 도망치기로 했다.

버로우즈에게선 더는 도망치지 않기로 했다.

그래도 지금은 상황이 달랐다.

"도망가요, 카론. 전 질리안과는…… 싸울 수 없을 것 같아요."

그 결단에 질리안의 얼굴이 활짝 빛났다.

어린아이 같았다. 그리고 피아노 콩쿠르에서 노엘을 이겼을 때보다도 훨씬, 기쁘고 즐겁고 행복해 보였다.

"그렇지! 그럼 그래야지. 정말 기뻐! 나도 같은 마음인걸! 고마워, 노엘! 역시 우린 친구야!"

돌려줄 말 따윈 없었다.

그녀에겐 무슨 말을 해도 소용없다.

무슨 말을 해도 통하지 않는다.

무슨 말을 해도 그녀에겐 들리지 않았다.

"이야, 정말 아름다운 우정이지 않나? 좀 더 빨리 만나게 해줄 걸 그랬군. 크크큭…… 훗, 하하하하하하!"

버로우즈는 시원하게 앞서 한 말을 철회했다.

엉망진창이 된 채 도망치는 노엘과 카론을, 소리 높여 비웃었다.

NOEL the mortal fate

Movement2 - falling down

Intermezzo 1

타박, 타박, 타박, 타박.

발걸음은 경쾌한데 매우 중량감 있는 발소리.

자신이 불렀음에도 불구하고, 버로우즈는 항상 그 발소리를 들으면 한숨이 나왔다.

그리고 바로 사람들을 물러나게 했다.

타박거리는 발소리는 문 앞에서 멈추고, 묘하게 품위 있는 노크 소리가 들렸다.

"실례할게."

버로우즈가 대답도 하기 전에 문이 열렸다.

언제나처럼 같은 향수의 향기가 확하고 실내에 있던 버로우즈의 코까지 밀어닥쳤다. ……비싼 향수라는 건 버로우즈도 알고 있지만, 지나쳤다.

무심코 버로우즈는 떨떠름한 얼굴을 하고 말았다. 헛기침한 후, 입을 연다.

"왔는가. 라프라스 경찰관리관."

지노 로렌치.

그것이 **그**의 이름이었다.

"음, 정말~, 빳빳하다니까, 러셀은. 다른 사람은 없으니까 좀 더 편하게 해! 내 앞에선 『좋은 시장』이 아니어도 괜찮으니까♡"

그렇다. 그렇게 항상 요란한 코트와 부채 같은 것으로 한껏 꾸미고, 머리는 핑크색, 말투는 묘령의 여성 같지만, 지노는 **남자**였다.

"우린, 당신이 아직 귀엽게 앞머리 내렸을 때부터 지낸 사이잖아~!"

그리고 그의 말 대로, 버로우즈와 지노는 오래전부터 알고 지낸 사이였다. 그것은 즉, 서로의 본성을 숙지하고 있다는 것이었다.

지노는 〈시민의 자랑〉인 버로우즈 시장이 뒤에서 무엇을 하는지, 사실 어떤 남자인지도 알고 있었다.

그런데도 여전히 살려두는 건 단순히 버로우즈가 이용할 수 있는 인간이기 때문이었다. 그는 아마 이 점에 대해서 납득한 채 버로우즈에게 가담하고 있었다.

버로우즈도 지노가 그저 이상한……이 아니라, 평범하지 않은 누님(같은 의미일 터인데, **이렇게**부르면 굉장히 화를 낸다)이라는 걸 이해했다.

이렇게까지 **편하게** 버로우즈와 접하는 사람은, 지금은 지노 정도였다. 그 시점에서 이미 단순한 사람이 아니었다.

"……알았다, 지노. 뭘 하든 상관없으니까 본론으로 들어가자."

버로우즈가 어쩔 수 없이 반말로 얘기하자, 지노는 살짝 기쁜 듯 미소 지었다.

"노엘과 카론의 거점은 찾았나?"

"짐작 가는 곳은 있어. 지명수배해준 덕분에 일이 순조로워졌어. 그 애의 부모도 역시 입 다물어 줬고, 이제야 경찰이 진심으로 하려한다는 느낌."

"체르퀘티 가인가……. 고작 음악가인 주제에 꽤 애 먹었군."

"뭐~, 여기는 음악의 도시니까 어쩔 수 없지. 그리고 식전 연주자를 너무 높이 쳐주니까~. 당신이 그 부분을 개혁하면, **고작 음악가**라는 이들의 권력도 꺾을 수 있지 않겠어?"

"……앞으로의 동향에 따라서 그것도 검토해보지."

노엘 체르퀘티와 카론의 행방이 다시 묘연해졌다.

버로우즈가 어느 정도 그들의 행동을 읽을 수 있다곤 해도, 충분히 「신출귀몰」이라고 할 수 있었다.

"두 사람은 슬럼에 잠복하고 있을 거야. 카론은 참, 옛날이나 지금이나 계약자와의 은신처 생활이라니. 궁상 맞게시리~."

범죄자의 종착지는 결국 슬럼이었다. 버로우즈도 진작에 예상하고 있었지만, 일단은 지노를 치켜세우기로 했다.

"예나 지금이나, 네 일처리는 견실하군."

"어머, 정말?♡"

"지금 녀석들에겐 돌아갈 장소를 잃는다는 건 꽤 큰 타격일 거다. 질리안의 건으로 꽤 약해졌을 테니까 말이야. 슬슬 경찰로 압박할 타이밍이야."

"고용한 마인을 두 사람이나 쓰러뜨리고, 잠깐이었지만 본거지에까지 쳐들어왔지. 당신도 역시 이번에야말로 제대로 해보겠다는 걸까?"

"……."

"그런 무서운 얼굴 하지 마~. 비장의 미친개를 한 마리 풀어놓았으니까. 그 애는 강한 데다가 집념도 강하고 냄새를 잘 맡지. 한 번 물면 죽을 때까지 놓치지 않지."

"네가 키우는 개가 너무 많아서, 누구를 말하는지 전혀 모르겠군."

"차암~, 바로 얼마 전에 소개했잖아~? 노엘과 카론의 〈숙적〉인 그·아·이."

"……아아, 저번에 말한……. 〈숙적〉인가. 믿음직스럽군. 난 그런 녀석이 좋단 말이지. 라프라스 경찰의 이름에 먹칠하지 않도록 힘써줬으면 싶군."

"우훗, 응원 고마워♡"

버로우즈가 바로 떠올릴 수 있었던 건, 그 **미친개**의 용모 때문이었다. 그 용모는 분명 강렬한 인상을 남겼다.

이름과 경력은 어렴풋하지만…… 지노는 그 개를 마음에 들어

했다.

왜인지, 지노가 오랫동안 눈여겨본 존재.

지노의 방침을 생각하면—.

“보머도 그 비서도, 대악마를 상대로는 역시 역부족이었다는 얘기네. 어쩔 수 없지.”

버로우즈가 골똘히 생각하는 걸 지노는 『낙심한 것』으로 보았는지, 그런 말을 꺼냈다.

“……보머의 상태는 어때?”

“상처는 많이 좋아진 것 같아. 근데…… 안될 것 같아. 쓸 수 없을 거야. 당신에 대한 충성심은 완전히 말끔하게 사라져버린 것 같고.”

“잘 아는군.”

“응. **매일 상세한 보고를 받고 있으니까**, 우후후.”

“녀석에게 나에 대한 충성심 같은 건 처음부터 없었어. 내게 복종할 마음이 없어졌다면……, 세간이 관심이 사그라 들었을 때 처리하도록 하지.”

지노는 어깨를 움츠렸다. 「으으 무서워」라는 제스처였지만, 그건 그저 익살스러운 제스처에 지나지 않았다.

그에겐 보머 따윈 대수롭지 않은 존재인 것 같았다. 그래도 어쨌든 경찰인 이상, 반항적인 마인은 줄어들기를 바랄 것이다.

"노엘 녀석들은 관심이 줄어들기 전에 찾아내서 죽여야 하는데."

구 시의회 의사당에서는 눈앞에 두고도 놓아줄 수밖에 없었다.

계약상, 시저의 눈앞에서 버로우즈가 죽는 일은 있을 수 없다.

다른 비장의 카드도 있었다. 몇 개나.

처음부터 질 요소는 제로였다.

하지만…… 시저의 힘에 의지할 때는, 노엘의 살해를 포기할 수밖에 없다.

이 못마땅한 제약을 어떻게 할지가, 현재 버로우즈의 고민인 것은 틀림없었다.

"괜찮으려나. 질리안이 화내지 않겠어? 난, 그 애랑은 사이좋게 지내고 싶은데."

"사이좋게 지내고 싶다고? 훗, 넌 새로운 개가 필요한 거겠지."

버로우즈가 쓴웃음을 짓자, 지노는 현란한 부채로 입가를 가리며 즐거운 듯 웃었다.

……무서우리만큼 조용했다.

……아무것도 들리지 않았다.

양초가 켜진 어두운 방 안에 소녀의 하얀 드레스도 녹아내릴 것 같았다.

세간은 그녀를 동정했다. 명예로운 올해의 식전 연주자. 완전히 무명의, 게다가 저소득자층 출신에서 재능과 노력으로 여기까지 올라섰다. 그런데 갑자기 폭탄마의 범행으로 집을 잃고 큰 부상을 입었다.

그리고 피아노 라이벌이기도 했던 친구는, 적반하장으로 추악한 원한을 품은 테러리스트가 되었다.

질리안 리트너는 화제의 인물이 되었지만, 버로우즈의 조치로 매스컴이 따라붙지 않았다.

누군가가 리트너 가에 대한 지원을 호소하여 순식간에 꽤 많은 금액이 모였다. 하지만, 그것도 분명 버로우즈의 힘이 작용했을 것이다.

집은 없어졌지만, 그것도 일시적인 것이었다. 리트너 가의 몇 명은 아직 입원 중이지만 퇴원할 때쯤에는 새로운 『돌아갈 집』을 손에 넣게 될 것이었다.

하지만 질리안이 가족과 함께 지내는 시간은 적어졌다.

이렇게 아무 소리도 없는, 아무것도 제대로 보이지 않는 어두운 방에서 혼자 조용히 지내는 일이 많아졌다.

피아노는 이제, 거의 치지도 않았다.

"……질리안."

갑자기 어둠의 한 부분이 약간 움직였다.

질리안의 곁에는 미동도 하지 않는 대악마가 한 명, 계속 묵묵히 앉아있었다.

그 악마가 갑자기 질리안에게 말을 걸어온 것이다.

질리안은 놀라지도 않고 조용히 대답했다.

"드문 일이네, 시저가 먼저 말을 걸어주다니. 무슨 일이야?"

"……**아직 들리는 모양**이군."

시저의 목소리는 속삭이는 것 같았지만, 신기하게도 또렷했다. 공기를 초월하여 직접 청각에 닿는 것 같았다.

"다시 한번 묻는데, 정말로 괜찮은 것이냐. 네 계약은……."

"괜찮아."

질리안은 시저의 목소리를 차단했다.

"달리 노엘을 막을 방법이 없는걸. 제약투성이인 계약이라는 건 잘 알고 있어. 〈대가〉가 작지 않다는 것도. 하지만 이걸로 노엘의 복수를 **멈추게 해줄 수 있다**면, 그걸로 됐어."

"……."

시저의 표정은 후드로 덮여 가려져 있었다. 그가 입 다물면, 누구도 그의 생각을 읽을 수 없었다. 물론 질리안도 마찬가지였다.

"넌 심하게 일그러져 있다."

그 말에 질리안은— 미소를 지었다.

"그래서 나랑 계약해준 거지?"

"……."

"그것보다, 상처는 좀 괜찮아? 정작 중요할 때 못 움직이면 곤란해."

"……문제없다."

Passage 6

도주

구 시의회 의사당이 테러리스트와 악마로 인해 파손된 지 2주가 지났다.

두 명의 용의자— 노엘 체르퀘티와 악마는 여전히 도망 중.

그들의 거점이 라프라스시의 슬럼가로 추측된다는 보도가 나가고 나서, 선량한 라프라스 시민들은 전보다 한층 더 슬럼을 위험시하게 되었다.

보고도 못 본 척해 주었던 슬럼의 주인들도 점차 노엘과 카론을 민폐로 여기게 되었다. 털면 먼지가 나올 인간이 많이 사는 지역이었다. 경찰이 알짱거리면 견딜 수 없는 것이리라.

노엘과 카론은 거의 꼼짝할 수 없었다.

버로우즈가 대악마를 소환한 것을 증명할 몇 개의 『흔적』을 가지고 올 수 있었지만, 그것을 알아볼 여유 같은 건 없었다.

"노엘 체르퀘티와 대악마에게 고한다! 쓸데없는 저항은 그만하고, 지금 당장 투항하라! 너희는 완전히 포위됐다!"

"이런이런, 판에 박힌 말이군."

보이는 대로였다.

슬럼과 시가지에 경찰의 배치가 늘어나, 외출할 때마다 경찰과 분쟁을 벌이는 처지가 됐다.

오늘 밤에도 슬럼과 시가지 경계 부근에서 경관에게 들키고 말았다.

이젠 동쪽 하늘이 조금씩 밝아져 보랏빛을 띠고 있었다.

경관의 말대로 두 사람은 완전히 포위되었지만, 전혀, 조금도 초조하지 않았다. 오히려 지긋지긋했다. 노엘은 살짝 하품을 했다.

"어이. 조금은 위기감을 가져라."

"하지만……."

"여기서 결판을 지을 거다, 알겠나?"

카론은 그림자에서 나와 당당하게 경관들 앞에 모습을 나타냈다.

처음으로 악마를 본 자도 많았는지, 아니면 담담하게 모습을 드러낼 줄은 예상 못 했는지, 경관들이 웅성거렸다.

하지만 카론이 생각했던 것보다 추격대의 인원이 적었다. 10명도 채 되지 않았다.

카론은 붉은 눈으로 슬며시 웃으며 양손을 펼쳤다.

"너희도 매번 고생이군."

"……!"

"법에 따라 움직여야 하니, 먼저 투항하라고 해야 하겠지. 본심은 테러리스트와 악마 따위, 시야에 들어온 순간 쏴 죽이고 싶을 텐데 말이야."

"시…… 시끄럽다! 악마도 불사신일 리 없다. 총으로 마구 갈기면 죽는다는 정돈 안단 말이다!"

"기다려! 도발에 넘어오면 어쩌자는 거냐, 진정해라! 체르퀘티가 안 보인다!"

카론에게 맨 먼저 총구를 겨눈 건 아직 소년 정도로 보이는 젊은 경관이었다. 신입인 걸까. 카론은 그와, 그를 나무란 나이든 경관의 얼굴을 비교해 보더니 다시 웃었다.

—이제 와서 눈치채도, 이미 늦었다.

"미안해요!"

콰앙.

경관들의 머리 위에서 가련한 목소리와, 크고 묘하게 생긴 것이 내려왔다.

나무통.

그건 경관들의 옆에 떨어져 부서지고 푸쉬익하고 흰 연기를 내뿜었다.

"으아악! 뭐냐!?"

"폭탄이다!"

"도망쳐어어어!"

"다들 침착해라아아아!"

악마를 본 것만으로도 이미 동요하던 경관들은 패닉에 빠지고, 몇 명은 아우성을 치며 도망쳤다. 그 자리에 머물렀던 자도 심하게 기침을 해댔다.

"뭐, 너무 나쁘게 생각하지 마라."

카론은 재빠르게 골목 안쪽으로 들어갔다. 그곳엔 노엘이 한 건 해결했다는 듯 의기양양한 자세로 우뚝 서서 기다리고 있었다.

"후훗, 꼴좋네요."

"저 통 안에 든 건 뭐냐?"

"그냥 밀가루에요. 저기 있는 빵 가게 주인한테 미안한 짓을 했네요."

노엘이 건물 하나를 가리켰다.

카론과 두 패로 갈라졌을 때, 그 건물 옥상에 올라가 몇 개의 통을 발견했다.

그리고 이제는 특기가 된 의족 킥으로 차서 떨어뜨렸다.

"폭탄이래요, 우후훗."

"지금 웃을 때냐! 지금 이때 따돌려야 한다."

"아, 알아요!"

"그런데, 밀가루로도 엄청난 폭발을 일으킬 수 있다는 건 알고 있나?

"네?!"

두 사람은 그 자리를 떠나, 슬럼의 은신처로 발길을 돌렸다.

경찰차 사이렌이 멀리 사라져갔다. 밀가루를 뒤집어쓴 경관이 지원을 요청했을 거다.

다행히 더는 경관을 마주치지 않았다. 그렇기는커녕, 술에 취한 사람이나 노숙자의 모습도 보이지 않았다.

은신처에 도착했을 즈음엔 완전히 아침 해가 떴다.

"……하아. 따돌리는 데 하룻밤이 걸렸네요. 결국, 또 아무것도 조사하지 못했어요."

"이대론 생활도 여의치 않겠군."

"이 은신처가 아직 들키지 않은 게 유일한 위안이네요……."

"하지만 시간문제일 거다."

노엘은 바닥 위에 아무렇게나 놓인 작은 배낭을 보았다.

구 시의회 의사당에 들어가기 전, 카론의 말에 따라 쌌던 소지품이었다. 약간의 돈, 미네랄 워터, 갈아입을 옷, 상처에 바르는 약 정도만 들어있다.

지금의 노엘에겐 이것이 전부고, 그리고 이 배낭조차 딱히 없어도 아쉽지 않을 정도의 것이었다.

"……그다지 여유 부릴 때가 아니란 건 알아요. 그래도……."

역시 하룻밤을 꼬박 도망쳤으니 피곤했다.

게다가—.

지금의 노엘에겐 이중으로 피로가 쌓여 있었다.

『안 돼, 노엘. 그 이상 자신을 버려선 안 돼』

『노엘. 넌 버로우즈 시장에게 복수해선 안 돼. 이제 그만하자, 복수 같은 건. 괴로운 과거는 잊고, 앞으로 펼쳐질 미래를 살아가자!』

『내가 구해 **줄** 수밖에 없다고, **나밖에** 널 구해줄 수 없다고, 병원 침대에서 그렇게 생각한 거야!』

눈을 반짝이면서 **노엘이 바라지 않는 것**을 떠들어대던 질리안.

그녀는 틀림없이, 노엘이 복수를 포기할 때까지 계속 가로막을 것이다.

설마 유일한 친구를 적으로 돌릴 줄은 생각지도 못했다. 노엘의 동요는 2주가 지난 지금도 계속되고 있었다.

"하지만 저는 질리안과는……."

"또 그 말이냐. 분명 너에겐 더할 나위 없이 성가신 상대겠지. 하지만 그녀는 네 복수를 방해하려고 한다. 아무리 생각해보고, 고민해도 그 사실은 변함없다. 이미 각오한 것 아니었나?"

"……."

"……뭐, 너도, 러셀이 그녀를 속이는 것 같지 않다는 게 마음에 걸리겠지. 인간의 생각이라는 건 때론 이해할 수 없는 것이다."

"어째서 악마와 계약 같은 걸……. 악마와 계약한 저를 막기 위해 자신도 해버리다니……."

"질리안과는 언젠가 맞서야 할 때가 올 거다. 그렇다면 이렇게 멈춰 서있을 겨를이 없다."

카론은 조용히 인내심을 갖고 노엘을 타일렀다.

그가 말하는 건, 지극히 당연했다. 노엘도 그건 알고 있었다.

그렇지만, 카론이 지금 말한 것처럼— 인간의 생각, 『마음』이라는 건 때론 이해할 수 없는 것이다.

알지만, 모를 때가 있다.

노엘은 아무 대답 없이, 매우 낡은 업라이트 피아노를 멍하니 바라보았다.

피아노. 저 악기로 이어진 노엘과 질리안의 우정. 그것은 피아노 콩쿠르를 계기로 이렇게까지 틀어지고 말았다.

카론이 지쳤는지 어땠는지는 알 수 없었다. 그는 더는 아무 말도 하지 않고, 노엘의 곁에서 일어나 주방 쪽으로 걸어갔다.

그때였다.

콰앙. 엄청난 소리가 나며 문이 열렸다. 아니, 이것은 「발로 격파한 것」에 가까웠다.

노엘은 일어섰고, 카론이 달려왔다.

침입자와 눈이 마주쳤다.

노엘의 머리는 아주 잠깐 혼란스러웠다. 그……, 뛰어 들어온 남자의 용모가 뒤죽박죽이었기 때문이다.

20대일까. 금발에는 바짝 깎아 만든 무늬가 들어가 있고, 양쪽 귀에는 피어싱이 잔뜩 달렸다. 잘 보니 눈썹은 없었고 왼쪽 눈 아래에까지 피어싱이 끼워져 있었다. 그런 펑크한 얼굴인데…… 경관복을 빈틈없이 차려입었다.

에메랄드 같은 밝은 녹색 빛 눈을 갖고 있었다.

자신들을 노려보는 그 눈이, 매우 흐릿하고 어둡게 치켜뜨고 있는 것에, 알 수 없는 공포감과 위험성을 느꼈다.

단번에 이 남자가 심상치 않다는 걸 알 수 있었다.

"노엘 체르퀘티 및 대악마 카론, 포착. 『거점』을 확인했다."

남자는 마치 로봇 같은 말투였다. 난폭하게 문을 부수고 들어온 것 치고는 굉장히 냉정했다. 이 남자는…… 모든 게 뒤죽박죽이었다.

"웨이브 1, 돌입!"

남자의 호령에 경관 몇 명이 우르르 몰려 들어왔다.

단순한 경관이 아니었다. 총을 들고, 방탄조끼와 헬멧으로 완전 무장한 기동대였다. 테러리스트나 흉악범을 상대로 하는 베테랑과 엘리트들뿐이라, 노엘과 카론도 고전했었다.

"시간문제는커녕, 이미 들어와 버렸잖아요!"

"거기다 또 귀찮은 녀석들이군. 안에서 얌전히 있어라!"

노엘이 황급히 안으로 들어가자 기동대는 몇 발의 총을 쐈다. 악마를 상대로는 봐주지 않겠다는 뜻인가.

좁은 은신처 안에 총성은 천둥처럼 울려 퍼졌다. 노엘의 자랑인 청각이 키잉하고 마비되었다. 자신이 비명을 질렀는지도 알 수 없었다.

총알은 카론에게 맞지 않았다. 인간이 총을 조준하고 쏜다는 동작은, 악마에겐 큰 빈틈이었다. 카론은 0.5초 만에 적들의 사이로 들어가, 발포한 남자의 가슴을 발로 찼다.

갈비뼈가 부러지는 소리에 남자 신음 소리가 겹쳐졌다.

다른 대원들은— 기가 눌리지 않았다. 이것도 평범한 경관들과 다른 점이었다. 악마를 두려워하지 않고, 오히려 돌진해 들어왔다.

카론은 사슬을 불러내, 정면에 있는 기동대의 가슴에 내리쳤다. 그는 총을 떨어뜨리고, 비명을 지르며 웅크렸다. 카론은 그 남자도 발로 차 날려버렸다.

이 좁은 실내에서는 제대로 사슬을 휘두를 수 없었다.

나머진 발톱으로 처리했다.

"네가 마지막이다!"

남은 한 사람은 문을 파괴하고 처음에 들어온 남자.

그는 기동대 돌입 후, 후방으로 빠져서 우뚝 선 채 미동도 하지 않았다. 동료가 쓰러져도 얼굴색 하나 바뀌지 않았다.

그리고 지금도.

카론에게 포착된 지금도 평온 그 자체였다.

카론은 남자에게 사슬을 휘둘렀다.

하지만—.

불꽃이 흩어지며 금속끼리 부딪쳤을 때 나는 소리가 울려 퍼졌다.

"……흠."

금발에 모양을 새긴 기묘한 경관은, 그 한 번의 격돌로 단번에 물러났다. 안쪽에서 굳은 채 있던 노엘에겐 그가 「도망친 것」처럼 보였다.

다른 기동대는 전원 바닥에 뻗거나 웅크리고 있었다.

"해, 해치웠군요!"

"아니……. 그 남자는 다시 돌아올 거다. 배는 더 많은 지원군을 데리고."

"네?!"

"정문으로 나가는 건 위험하다. 옥상으로 도망가자."

"네? 여기는 1층인데 일부러 위로 올라가면 궁지에 몰릴 뿐이에요."

"옥상에서 옆 건물로 뛰어 넘어가면 녀석들을 따돌릴 수 있을 거다. 이제까지 해 왔잖아. 이 건물과 현관, 뒷문까지 완전히 포위됐어."

"윽……. 그, 그렇긴 하겠네요."

건물에서 건물로 뛰어 넘어간다고 쉽게 말했다. 실제로 닌자처럼 시원하게 해치워 보이는 카론이지만, 노엘에게는 상당한 큰일이었다. 게다가, 분명 다시 사슬로『외줄 낚시』당할 거다.

하지만 이 상황에서 그런 불만을 말할 순 없었다.

노엘은 작은 배낭을 움켜쥐고, 방을 나가는 카론의 뒤를 따라 나서려 했다.

오래된 피아노에 시선이 멈췄다.

지금 소동으로 가구가 산산 조각나고, 벽에 구멍이 숭숭 뚫린 집안을 둘러보았다.

"……짧은 시간이었지만, 이 집에 신세를 졌네요."

"다시 마땅한 빈집을 못 찾으면, 노숙해야겠군."

카론은 히죽 웃었다.

은신처는 슬럼에서 비교적 큰 맨션에 있었다. 1층 빈집에 자리를 잡았던 노엘과 카론은 이용한 적은 없지만 일단 엘리베이터도 있었다.

노엘과 카론은 계단으로 2층에 올라갔다. 2층에는 사람의 기척이 있었다.

이 건물은 3층짜리였다. 아마 무계획적으로 증축된 것 같았다. 3층으로 올라가기 위한 계단은 플로어의 반대쪽밖에 없었다.

카론이 말없이 노엘을 손으로 저지했다. 「여기서 기다려」는 사인이었다. 카론이 발소리를 죽이고 둘러보는 사이, 노엘은 그림자에 숨어 숨죽이고 있었다.

카론은 바로 돌아왔지만 좋은 표정은 아니었다. 그리고 노엘에게 나쁜 소식을 전했다.

"엘리베이터는 못 쓴다. 경관이 지키고 있어. 복도에도 망보는 인간이 있었다."

"그럼, 도망칠 방법이 없네요. 여기까지인가요……."

"이 정도로 약한 소리 하지 마라. 지금까지도 이런 국면은 몇 번이나 있었다."

"미, 미안해요……."

"복도가 포위되어 있다면, 복도로 지나지 않으면 된다."

"무슨 말이에요? 설마 당신 하늘을 날기라도 하겠다는 건가요?!"

"난 새가 아니다! 악마다!"

"아직 새라는 말은 꺼내지 않았어요! 피해망상이에요. 당신은 왜 그런 머리를 하고선, 『새』랑 관련된 키워드에 하나하나 볏을 세우는 거예요?!"

"어이, 나한텐 볏 같은 건……."

카론은 작게 고개를 저었다.

"정말, 악마에 대한 경의라곤 찾아볼 수 없는 녀석이군. ……복도로는 못 가니, 건물 난간을 타고 계단 가까이에 있는 창문까지 가면 된다."

"건물의 난간이요?!"

"안심해라, 발 디딜 곳이 있단 건 다 확인했다. 옆 건물과 사이 틈이니까 밖에서도 찾기 어려울 거다. 이쪽이다."

노엘에겐 하고 싶은 말이 산처럼 있었지만, 카론이 재촉하는 바람에 마지못해 따라갔다.

카론이 들어간 곳은 세탁소였다. 오래된 세탁기가 여러 대 늘어져 있었다.

이 세탁소에도 노엘은 신세를 졌었다. 여기에 놓인 세탁기의 반 정도가 고장난 것도 알고 있었다.

카론은 안쪽에 작은 창문을 열었다. 노엘은 아래를 들여다보았다. 분명 발 디딜 곳이 있긴 하지만…… 이건 원래 발을 디디기 위해 만들어진 것이 아니었다.

"저, 정말로 여기를 타고 갈 건가요?"

"그리 먼 거리도 아니다."

"아니, 그게 아니고, 이 다리로 그런 줄타기 같은 걸 할 수 있을 리가 없다구요!"

"최악의 경우, 여기서 떨어져도 어차피 2층이다. 죽지는 않을 거다."

"악마의 체력으로 약한 숙녀의 체력을 어림잡지 말라구요!"

"쳇, 소란피우지 마라! 생명줄을 묶어 주마. 자, 어떠냐?"

"으윽……."

"아래만 안 보면 의외로 별것 아닐 수도 있겠지."

"무책임한 말은 하지 마세요!"

게다가 카론이 노엘에게 묶어 준 『생명줄』이란 건 바로 사슬이었다.

카론이 먼저 창문으로 나갔다. 여유만만하게 땅 위를 걷는 것 같은 얼굴이었다.

노엘은 쭈뼛쭈뼛 뒤이어 나왔다. 옆 건물의 벽이 바로 눈앞에 있었다. 쓰레기투성이인 거리가 발밑에 있었다. 확실히 경관의 모습은 보이지 않았다.

서둘러야 한다는 건 알지만, 노엘은 의족이었다. 계단을 오르내리는 것조차 아직 신중하게 걸어야 하는데.

몸 전체가 흔들리는 탓에 의족에서 덜컥덜컥 소리가 났다.

"왜 난, 이런 도둑 같은 행동을 해야 하는 거지."

"지금 현실 도피할 때인가? 생명줄을 묶었지만, 넘어지면 눈에 띄니까 정신 차리고 걸어라."

"조, 좀 제 걷는 페이스에 맞춰서 천천히 걸어가세요!"

"고작 2층으로 뭘 그렇게 겁을 내는 거냐……."

카론이 고개를 저으며, 평소보다 약간 작은 폭으로 난간을 성큼성큼 걸어갔다.

의족도 몸도 덜덜 떨면서 노엘은 천천히 걸어갔다.

시야 끝에 카론이 가볍게 점프하는 게 보였다.

"어?!"

난간이 끊겨 있었다. 설령 여기가 땅이라도 지금의 노엘에게 점프는 무리였다.

"음, 의족으로 여기는 무리인가?"

"무리죠! 의족이 아니라도!"

"그런가. ……그럼, 자!"

"꺄아아아아아?!"

뜻밖에 생명줄…… 아니, 생명사슬이 당겨져, 노엘의 몸은 원을 그리며 날았다. 그리고 순식간에 떨어졌다.

카론이 손을 뻗어 노엘의 왼쪽 팔을 잡고 홱하고 끌어올렸다.

"……"

건물의 난간에서 노엘은 잠시 멍해졌다.

"미안, 미안. 손이 미끄러졌군. 쿠쿡."

마지막의 「쿠쿡」은 무엇인가. 멍한 얼굴은 한 채로 노엘이 올려다본 카론은 사디스트 같은 웃음을 짓고 있었다.

"다, 다, 다다다다당신이란 악마는 정말, 정말……! 두 번 다시 당신에게 제 목숨을 맡기지 않겠어요!!"

"어이, 큰 소리 내지 마라! 미안하다고 했잖아. 살짝 실수한 것뿐이다."

"사, 사, 살짝이라뇨?!"

"봐라, 고생한 덕분에 건물 반대편으로 돌아 들어왔다. 경찰이 우리 집에 돌입하고 나서 시간도 좀 흘렀다. 슬슬 증원 부대가 쳐들어올 거다."

"그럼 빨리 안으로 들어가요! 이런 곳은 이젠 딱 질색이에요!"

분노의 아드레날린 덕분인지 공포심이 사라졌다. 노엘은 카론이 가리키는 창문까지 성큼성큼 걸어서, 자신이 먼저 실내로 들어갔다.

거기는 어질러진 작은 방이었다.

"허억, 으아악, 누구냐, 네놈들은!!"

작은 방의 구석에서 이불이 날랐다. 호통과 함께 빈약한 몸의 남자가 주먹을 들고 덤벼들었지만— 카론이 아무 말 없이 날려버렸다.

적당히 때린 것 같았지만, 남자는 벽에 머리를 부딪치고 눈을 까뒤집으며 기절하고 말았다.

이 집의 주인인 걸까.

"어, 어쩌면 죄송한 일을 저지른 것 같은데요……."

"정당방위란 거다. 신경 쓰지 마라."

"과연 그, 그럴까요……."

불쌍한 남자를 힐끔힐끔 쳐다보면서 노엘은 카론과 함께 방을 뒤로했다.

3층으로 이어지는 계단은 눈앞에 있었다. 인기척 틈 사이로 빠져나가기 위해 발소리를 죽이면서 오래된 콘크리트 계단을 올라갔다.

이 계단은 도중에 끊어지지 않고 그대로 옥상까지 이어졌다.

하지만, 층계참에서 카론이 걸음을 멈추고 벽에 등을 붙였다.

누군가가 복도를 걷는 듯했다.

"녀석들의 잠복 장소는 1층이라고 했지? 이런 층까지 감시할 필요가 있나?"

"이 맨션의 일반 주민을 지키는 것도 훌륭한 일이잖아. 궁지에 몰린 녀석들이 인질을 잡지 않는다곤 말 못 하지."

두 명의 어린 경관. 노엘과 카론은 마주 보고, 일단 상황을 지켜보기로 했다.

"뭐……, 그러고 보니 시장이 말했었지. 이번 마인과 악마는 피도 눈물도 없는 무서운 녀석들이라고."

"그래. 그런 녀석들한테서 시민을 지키는 것이야말로, 우리의 일이야."

"그럼 기운 내서 다시 한번 돌아볼까! 이번엔 시장의 전면적인 협력도 있고 말이야!"

그들은 3층의 경비를 맡은 것 같았다. 계단은 둘러보지 않고 복도를 순회하는 모양이었다. 노엘은 안심하며 숨을 내쉬었다.

"흥. 피도 눈물도 없는 건 어느 쪽인지 모르겠군."

카론이 작게 내뱉고, 옥상으로 가는 계단으로 향했다. 노엘은 젊은 경관들이 지나간 복도를 아직 보고 있었다.

"왜 그러지?"

"……아뇨, 아무것도 아니에요. 저 사람들도 힘들겠다고…… 그렇게 생각했어요."

"아무리 라프라스 경찰에 러셀의 손이 뻗었다고 해도, 말단은 아무것도 모르는 게 당연하다. 하나하나 그런 것까지 생각하면 끝이 없을 거다."

"……."

“너, 정말 무슨 일이지? 바로 오늘 아침까지도 아무렇지 않게 경찰하고 싸우지 않았나?”

“아뇨, 왠지……. 질리안에 대해서 생각하다 보면 뭐가 어떻게 되는 건지 모르겠어서. 이대로 계속해도 되는 걸까요…….”

“그만둬라, 그만둬. 약해졌을 때 이것저것 생각해봤자 부정적인 일만 떠오른다. 지금은 경찰에게서 도망치는 것에 집중해. 앞으로의 일을 생각하는 건 일단 도망치고 나서다.”

“……그래요. 그렇게 할게요.”

지금의 자신은 라프라스의 많은 시민에게 피도 눈물도 없는 지명수배범이었다.

『노엘. 그런 몸이 되고도, 위험한 싸움을 계속하고, 지명수배범까지 되다니. 더 이상 라프라스의 나쁜 일에 연관되면, 너도 **파멸**하고 말 거야』

질리안이 말한 모든 게 노엘의 기억에 새겨진 것은 아니었다.

솔직히 그녀가 무서웠다.

빠르게 연거푸 거침없이 퍼붓던 친구의 말은―.

『복수는, 아무것도 낳지 않아』

『이제 그만하자, 복수 같은 건. 괴로운 과거는 잊고, 앞으로 펼쳐질 미래를 살아가자!』

『난 네가 포기할 때까지 네 앞을 계속 가로막을 거야』

친구인데.

『그리고, 그리고 자, 봐. 우린 친구잖아? 이런 건 당연한 거야』

노엘의 마음 따윈 하나도 고려하지 않았다.

카론에게 아무리 다짐해도 『앞으로의 일』을 생각하지 않을 수 없었다. 부정적인 것만 생각하면서 계단을 오르다가, 한 번 발이 꼬여서 넘어졌다. 카론이 바로 받아줘서 넘어지지 않고 무사히 넘겼다.

옥상으로 나왔다. 경찰의 모습은 보이지 않았다.

강한 바람이 불고 노엘의 긴 머리칼이 어지럽게 날렸다.

카론은 하늘을 둘러보았다.

"바람이 강하군. 덕분에 헬리콥터는 뜨지 못한 것 같다."

"그럼, 이다음은 분명……."

"옆 빌딩으로 뛰어 넘어간다."

"그때, 전 역시……."

"사슬로 던져지는 거랑 끌어 올려지는 거 중, 어느 게 좋은가?"

카론이 다시 사디스트 같은 웃음을 지어 보였다.

"그럴 줄 알았어요!"

"그래도 이젠 떨어뜨리지 않을 테니 안심해라. 자, 멍하니 있을 시간 없다."

카론은 망설임 없이 옥상 끝으로 향했다. 그 뒷모습에, 노엘은 독설을 날렸다.

"2층이랑 달리 옥상에서 떨어지면 틀림없이 죽을 거예요. 당신과의 계약이 여기서 끝나지 않길 빌겠어요!"

카론은 뒤돌아보지도 않고 가볍게 손을 흔들었다.

슬럼의 건물들은 밀집하고 있고, 용적률 같은 것이 전혀 고려되지 않았다. 옆 건물은 눈과 코가 맞닿을 정도로 가까웠다. 도움닫기만 하면 어린이도 건너뛸 수 있을 정도였다.

카론은 마치 돌다리를 건너듯 손쉽게 옆 건물 옥상으로 뛰어넘어갔다. 노엘은 마지못해 옥상 끝에 섰다.

아쿠에리어스 본사 빌딩과 비교할 수 없을 정도로 낮은 건물이지만, 떨어지면 죽는 높이라는 건 다르지 않았다. 노엘은 한순간 아래를 보고 만 것을 후회했다.

"자, 좀 더 이쪽으로 와라. 어중간하게 거리가 있으면 도리어 위험하다."

"다, 당신은 의족을 찬 인간이 울타리도 아무것도 없는 옥상 끝에 서는 두려움을 모르잖아요!"

"사실은 여유가 있으니까 발 디딜 곳을 찾는 거다. 만약 뒤에 경찰이라도 있어봐라. 아무리 너라도 좀 더 빠릿빠릿하게 움직였을 거다."

"남 일이라도 말을 막 하시네요. 전 최대한으로 힘내고 있는 거라구욧!”

등 뒤에 경관이 있다면―. 그 말에 노엘은 무심코 뒤를 돌아봤다.

계단에서는 아무도 나올 기척이 없었다. 하지만 추격자가 온 후엔 이미 너무 늦다.

노엘은 각오를 다지고, 옥상의 끝에 아슬아슬하게 섰다. 거의 자동적으로 눈꺼풀이 감겼다.

“흡!”

카론의 기합과 사슬 소리.

몸을 조르는 아픔과 흠칫하는 부유감.

뒤이어 쿵하고 양다리의 의족이 이어진 곳에 느껴지는, 맥빠질 만큼 가벼운 충격.

눈을 뜬 노엘은 카론의 옆에서 양다리로 서 있었다.

“웬일로 완벽하게 착지했네요?!”

“어떠냐, 내 외줄 낚시 실력도 늘었지?”

“하, 항상 이러면 좋겠네요!”

“옆으로 건너온 것만으로 도망쳤다고 할 수 없지. 한 건물 더 건너갈 거다.”

“네?!”

노엘은 카론의 시선 끝을 보고 말문이 막혔다.

조금 더 멀어졌다. 아니, 방금 넘은 거리의 두 배나 되었다.

게다가 건너편 건물이 약간 높았다.

"자, 잠깐만요. 건너뛰는 수준이 아닌데요?"

"높이도 거리도 별거 아니다."

카론은 맨몸으로 옥상 끝까지 걸어가 도움닫기도 없이 훽하고 건너뛰었다.

"됐지?"

"무슨 『됐지?』에요! 당신 자신이 인간이 아니라 악마라는 걸 잊은 거 아닌가요?! 그런 거 인간에겐 무리고, 전 어차피 의족……."

"알았다, 알았다. 시끄럽게 소란피우지 말아라. 제대로 잡아준다니까."

카론은 상당히 넌더리가 난 것 같았다. 이 이상 억지를 부리면 진짜로 화를 낼 것 같았다. 이런 상황에서 같은 편끼리 분열을 일으킬 때가 아니므로, 노엘은 그를 믿기로 했다.

이번에도 눈을 감았다.

"좋아, 그대로 가만히……."

부유감.

역시 아까보다는 살짝 길었다.

그렇게 생각하려니, 툭하고 노엘의 몸 전체가 너무나도 부드러운 충격이 일었다.

"자, 다 됐다."

"응?!"

눈을 뜬 노엘은 순간 패닉에 빠졌고 반사적으로 팔다리를 버둥거렸다.

왜!

내가!

카론의 품 안에 있는 거지?

완전히 공주님처럼 안겨 있는 상태였다!

"뭐, 뭐, 뭐, 뭐 하는 거예요?!"

"응? 본 그대로 널 잡고 있는데……."

"놔놔놔놔주세요, 내려 달라구요 빨리, 빨리!"

"……?"

노엘은 얼굴을 붉히고 걸으며 멍하니 있는 카론에게서 거리를 뒀다.

"저…… 정말!"

"뭐냐, 알 수가 없는 녀석이구만."

"아무것도 아니에요! 빨리 앞으로 가기나 해요!"

노엘은 성큼성큼 큰 걸음으로 걸어 나갔다. 카론은 아마 아직 얼이 빠져있을 것이다.

그런 자세로 저런 각도에서 이성의 얼굴을 보는 건, 노엘 나이대의 여자아이에겐 너무 자극적이었다.

……이성?

아니, 일단 악마긴 하지만 『그』일 것이다.

아마, 그는 인간 소녀의 마음 따윈 이해할 수 없겠지만.

2주 전.

구 시의회 의사당에서 질리안과 대치하고 나서 노엘은 복수에 소극적이 되었다.

카론은 그 사실에 화가 나지는 않았다. 그보다는 초조함과 불안함을 품고 있었다.

지금은 이렇게 슬럼의 하수도 같은, 이 세상에서 가장 불결할 것 같은 장소를 걷고 있다. 지상에는 경찰이 감시하기 때문에 여기로 도망칠 수밖에 없었던 것이다.

또 시끄럽게 불만을 토로하는 게 아닐까 싶었던 노엘은 질색하는 표정을 지었을 뿐, 조용히 카론을 따라 하수도로 내려왔다.

지상에서는 경찰이 분주하게 뛰어다녔지만 이곳은 조용했다. 때때로 쥐의 발소리와 우는 소리만이 들렸다. 쓰레기가 뜬 물은 흐르지 않는 것처럼 보였다.

경찰은 카론과 노엘의 은신처에 돌입한 기동대가 전원 당한 것에 당혹감을 느끼고 있는 것 같았다.

카론은 노엘을 내려다보았다. 구린 냄새 때문인지 오만상이었지만, 고개를 살짝 떨군 채였다. 이전의 패기는 느껴지지 않았다.

"어떻게든 도망칠 수 있을 것 같다. 목적지는 없지만."

"앞으로 어떻게 하면 좋을까요. 거점도 잃어버리고……."

"길거리를 돌아다니면 경찰에게 쫓기는 신세가 되었으니, 조금은 생각해 봐야겠다."

"……카론."

"무슨 일이지?"

"그 경관을, 어쩌다 놓친 거에요? 제일 처음에 들어온, 그……굉장한 얼굴을 한……."

일부러 놓친 건 아닌지 노엘은 항의하고 있는 것일까.

카론은 예의 경관을 떠올리고, 미간을 찌푸렸다.

지금의 노엘에게 솔직히 말해야 할지 말지.

녀석에게 **사슬이 튕겨냈을지도 모른다**는 것을.

그리고…….

"도망치는 게 너무 빨라서. ……그건 그렇고 이상한 녀석이었다. 바로 지원을 부를 줄 알았는데……."

카론은 진실을 말하지 않고 얼버무리기로 했다.

"그 이후로 아무하고도 마주치지 않았네요."

"결과적으론 잘 끝나지 않았느냐? 녀석들에게서 도망친 게 중요한 거다."

"그래서…… 어디까지 걸어야 하나요? 머리랑 옷에 냄새가 밸 거 같아요."

"냄새는 포기해라. 러셀과 지낼 때, 라프라스 하수도가 어떻게 되어있는지는 전부 기억했었다. 어디든 다 갈 수 있어. 일단 지금은 슬럼에서 가능한 한 멀리 떨어지는 게 좋겠지."

어둠 속에서 「당분간 계속 걸어야 한다」는 것을 시사하자, 노엘은 깊은 한숨을 쉬었다.

—역시, 얌전해졌군. 조금은 더 불만을 토할 줄 알았는데…….

하지만 이런 상태가 된 노엘을 질타해봐야 오히려 역효과가 일어날 것이다. 카론은 빈정거리지 않고 걷기로 했다.

계속 걸었다. 코가 비뚤어질 듯한 악취가 가득한 어두운 지하를.

몇 시간 후, 카론은 지상으로 나가기로 했다.

노엘을 안고 사다리를 올라가 맨홀 뚜껑을 열었다.

해는 꽤 저물어 주홍색 빛에 눈이 부셨다. 근처에서 대규모 공사가 진행되는 듯, 상당한 소음이 울렸다.

"……후우. 공기가 맛있네요."

노엘은 심호흡을 하고 나서 두리번두리번 주위를 둘러보았다.

"어어, 여기는……?"

"시가지 북측이다. 이 부근은 재개발 지정 구역이야. 선로를 따라 큰 상업 시설을 세울 예정이라고 하더군."

"아…… 진짜다. 바로 옆에 선로가 있네요. 하아…… 그건 그렇고 이제 정말 큰일 났네요. 이렇게 긴 거리를 도망친 건 처음이죠?"

"정말, 매일매일이 너무 어수선해서 못 살겠다. 앞으론 더욱 신중하게……."

"네놈들에게 『앞으로』는 없다."

카론과 노엘의 몸이 순간 굳어졌다.

미로 같은 하수도를 지나고, 여기서 지상으로 올라올 것을 어떻게 예측한 것인가. 아니면 단순한 우연인가.

두 사람 앞에 나타난 건, 그…… 이상한 용모의 경관이었다.

아니, 그 이상함이 더 늘어다. 등에 두 자루의 검을 짊어지고 있었다.

"여기서 끝이다."

"혼자인가. 너 혼자라면 우리를 어떻게 하지 못할……."

격통.

순식간이었다. 방심했다고는 하나 카론의 눈에도 그 움직임은 보이지 않았다.

언제 검을 뽑은 것인가. 언제 뛰어든 것인가.

전혀 보이지 않아 알 수 없었다.

정신을 차리고 보니, 카론의 어깨부터 반대쪽 허리까지가 베여 있었다.

이게 대체 무슨 일인가.

시저를 상대로도 이만큼의 상처는 입지 않았었다. 이것은 「인간 혼자선 내 상대가 될 수 없다」고 방심했기 때문이었다.

카론은 자신의 가슴에서 이렇게 대량의 피가 흐르는 것을 보는 건 처음이었다.

얼굴을 들어 올렸을 땐 경관은 이미 카론과 간격을 두고 있었다.

일격이탈(一擊離脫). 그 양손에는 시대착오적인 무기인 검이 쥐어져 있었다.

오른손의 검에서 악마의 피가 뚝뚝 떨어졌다.

"카론!! 괘, 괜찮아요?!"

"크흑…… 일단은……."

경관은 사무라이처럼 검을 휙하고 흔들어, 검에 묻은 피를 떨어뜨렸다.

"혼자서는 어떻게 할 수 없다. 그래, 분명 그렇긴 하지. 인간은 악마에게 못 이겨. 근본부터 너무 다르게 만들어졌기 때문이지."

그는 카론에게도 노엘에게도 눈길을 주지 않고, 혼잣말처럼 나지막이 말했다.

"하지만…… 혼자**이기에** 할 수 있는 것도 있지. 이 힘은 사람에겐 쓸 수 없다……."

검의 자루를 쥔 손에 힘을 주고, 그는 천천히 몇 걸음 앞으로 걸어 나왔다.

카론은 노엘을 비호하며 앞으로 나왔다.

이 느낌.

이 살기.

"……역시 그런 건가! 이 녀석, 경찰 주제에……!"

"어, 어……?!"

경관은 쿡하고 웃으며 얼굴을 들어 올리고, 카론과 노엘을 노려보았다.

"참열마 〈리퍼〉. 다른 이름으론 〈마인을 베는 자〉. 기억해 둬라, 네놈들을 쓰러뜨릴 정의의 마인의 이름이다."

마인.

그렇다. 카론은 짐작이 갔다. 인간과 마인은 분위기가 다르다. 악마에겐 희미하게 그 차이를 알 수 있었다. 하지만…… 믿기 어려웠다.

"마, 말도 안 돼……. 경찰 내부에까지 마인이?!"

노엘이 놀라는 것도 무리는 아니었다. 카론조차 설마 싶었으니까.

"정의의 마인……. 악마의 계약으로 정의라니, 여기도 비뚤어진 놈이 하나 있었군."

이렇게 말을 하긴 했지만, 비뚤어졌기 때문에 악마의 마음에 들었던 것이다. 카론은 그와 계약한 악마의 마음을 잘 이해할 수 있었다.

아무리 라프라스 경찰이 부패했다고는 하지만, 일반적으로 경찰은 선이자 질서의 심볼이었다.

그곳에 몸을 담고 있으면서 중대한 범죄인 악마와의 계약에 손을 뻗었다. 이만큼 비뚤어진 모순을 비웃지 않을 악마가 있을 것인가.

"악마나 마인과 싸우려면 같은 마인이 되면 된다. 누구나 아는 사실이다."

"너도 러셀 버로우즈에게 고용되었나? 아니면 그저 호기심이 지나친 경관인가?"

"러셀 버로우즈? 시장과 난 관계없다. 중요한 건……."

그의— 리퍼의 녹색 눈에서 살의와 증오가 순식간에 불타올랐다.

"네놈들이 마인 보머를, 후고 드레셀을 쓰렸다는 거다!"

지금까지는 어두운 표정으로 나지막이 말하던 리퍼가, 분노를 드러내며 목소리를 높였다.

"무, 무슨 얘기를 하는지 모르겠어요! 저희가 보머를 쓰러뜨린 게, 그게 뭐 어쨌다는 거죠?!"

"후고는…… **내 동생**은…… 내가 쓰러뜨려야 할 상대였다."

"도, 동생?!"

"내가 그 녀석을 지하 조직에서 꺼내고 갱생시킬 생각이었다! **내가 그 녀석을 구제할 수 있었단 말이다!**"

"……!"

그 말에 카론의 등 뒤에서 노엘이 얼어붙었다.

어딘가에서 들어 본 적 있는 말이었다.

"그걸, 그걸 네놈들 같은 범죄자가……!"

"동생을 쓰러뜨린 원한이라는 말이냐?"

"하, 하지만……. 먼저 저희를 공격한 건 보머였다구요?! 제 친구까지 끌어들이고……! 불평할 거면 보머와, 그를 꼬드긴 버로우즈 시장에게 하세요."

"……!!"

카론은 즉시 노엘을 멀리 밀치고, 자신도 뒤로 재빨리 물러났다.

노엘이 비명을 지르며 쓰러졌다.

그녀가 서 있던 곳에 리퍼가 검을 내리쳤다.

납작한 돌이 부서지며 마치 폭발이 일어난 것처럼 파편이 사방에 튀었다.

—이 녀석…… 제법이군.

카론은 상처를 눌렀다. 몸을 움직여보고, 다시금 깨달았다.

처음에 입은 상처가 너무 깊었다. 이 마인에게 맞서 싸울 수 있을지 없을지…… 모르겠다.

"조잘조잘 시끄러운 녀석들이군. 후고와 버로우즈의 방식 같은 건 내 알 바 아니라고 말했을 텐데. 말 돌리지 마라!"

땅에서 검을 뽑아 든 리퍼는 그 날카로운 칼끝으로 카론을 가리켰다.

"후고 드레셀을 쓰러뜨린 마인 노엘 체르퀘티와 대악마 카론. 네놈들이 『그 녀석을 쓰러뜨린다』는 **내 정의**에 끼어들었다! 그게 중요하다는 거다!"

소용없었다.

완전히 대화가 성립하지 않았다.

—이 녀석은 너무 위험해. 여기서 쓰러뜨리지 않으면……!

제대로 싸울 수 있을지 없을지 모른다는 소리를 할 때가 아니었다. 카론은 상처에서 손을 떼고 몸을 일으켰다.

다행히 리퍼는 노엘은 거의 안중에도 없었다. 전투 능력이 전무하다는 것을 그도 이해했을 것이다.

—제길, 왜 형제가 다 악마와 싸우려는 거지.

"노엘, 넌 뒤로 물러나 있어라."

"하, 하지만 카론, 그 상처론……."

"고작 공격 한 방 먹은 거다. 이 정도 핸디캡이 있어야 공정하지."

볼품사나운 허세라는 건 알고 있다. 이 상처로 어느 정도나 움직일 수 있을 것인가.

노엘이 휘청거리며 그 자리에서 떠나는 것을 지켜보고 나서, 카론은 팔에 힘을 줬다.

사슬은…… 평소대로 소환할 수 있다.

"미안하지만, 여기서 잡힐 수도, 죽을 수도 없다!"

카론은 사슬을 뽑아낼 수 있는 한 최대로 소환했다.

2초도 채 걸리지 않고 리퍼를 칭칭 옭아맸다.

계약으로 어떤 능력을 얻었는지는 알 수 없지만, 검만 막는다면—.

"뭐지?!"

무슨 일이 일어났는지 카론은 이해할 수 없었다.

인간이 만들어 낸 검으로는 악마의 사슬을 부술 수 없다.

하지만 리퍼를 결박했을 터인 사슬이 순식간에 산산조각이 났다.

리퍼는 자유로워진 양팔을 번쩍 들어 올리며 카론을 응시했다.

"이런 사슬 따위 내 앞에선 무용지물이다. 내 육체는 전신이 경질화하여 검이 된다!"

바라보고 있던 리퍼가 어느새 칼을 들고 덤벼들었다.

"크……!"

인간이 낼 수 있는 속도가 아니었다.

카론이 피한 공간을 놀라울 정도로 빠르게 두 검이 통과했다.

얼마나 훈련한 것인가.

다시 일격.

또다시 일격.

카론은 피하는 것만으로도 벅찼다.

틈이 없었다.

그래도 포기할 수 없었다.

사슬을 날려보았지만, 역시 표정 하나 바뀌지 않고 튕겨냈다.

—정말 이 녀석은 뭐지? 『정의』를 자칭하는 마인이, 전신 무기 인간이라고?

그건 마치 「적을 쓰러뜨리는 것」만이, 자신의 정의라고 말하는 것 같았다.

리퍼와의 접근전은 너무 위험했다.

게다가 지금은 중상을 입었다.

카론은 필사적으로 거리를 두었다.

—하지만, 어떻게 하지.

사슬이 통하지 않고, 접근전도 무리였다. 그렇다면 다른 수는 있는가?

"읏!"

리퍼의 공격을 피하며 도망치던 와중에 눈에 들어온 것은 발전기와 옆에 놓인 휘발유가 든 통이었다. 여기는 공사 현장이었다. 리퍼가 사람들을 전부 물렸는지, 인부들의 모습은 보이지 않았다.

휘발유 통만 있는 게 아니었다. 철골, 착암기, 유압식 공구. 위험한 것들이 산더미처럼 있었다.

갑자기 리퍼가 움직이지 않았다. 몸을 낮추고 카론에게 시선을 고정하고 있었다. 그의 전신에 힘이 들어가는 게 손에 잡힐 듯 보였다.

—뭔가가 온다……. 위험해!

카론 또한 태세를 갖추고 감각을 곤두세웠다. 고통은 잊기로 했다. 실제로 고통을 잊었다. 카론도 리퍼에게서 눈을 피하지 않았다.

콰앙하고 근처 공사 현장에서 큰 소리가 울려 퍼졌다.

그것이 신호라는 듯 리퍼가 땅을 찼다.

빠르다!

"……윽!"

종이 한 장 차!

리퍼의 공격은 공기도 갈랐다.

카론은 시저가 날렸던 일격이 떠올랐다.

볼의 깃털에 바람이 스치기만 했는데도 잘려나가는 것 같았다.

하지만 혼신의 힘을 담은 공격이었는지, 리퍼에게도 큰 틈이 생겼다. 그것을 놓칠 수 없었다.

"이거나 먹어라!"

카론은 휘발유 통을 사슬로 들어 올려 리퍼에게 내동댕이쳤다.

"……!!"

『화기엄금』

픽토그램화된 불꽃.

『G A S』

붉은 휴대용 통에 써진 흰색의 글자.

카론은 보았다.

휘발유 통을 본 리퍼가 아주 잠깐 움츠러들었다.

순식간이었지만.

"쳇!"

리퍼는 귀신이라도 본 듯 휘발유 통을 갈겼다. 그의 몸에는 휘발유 한 방울도 튀지 않았다. 코를 찌르는 휘발유 냄새가 퍼져나갔다.

"이런 걸로 내가……!"

"카론!! 떨어져요!!"

노엘의 목소리가 갑자기 카론의 머리 위에서 들려왔다. 어디 있는지, 뭘 할 생각인지 확인할 틈조차 없었다.

직감적으로 카론은 그 말에 따랐다.

의족이 딱딱한 것을 발로 차 날린 것 같았다.

리퍼 바로 옆에, 그것이 떨어졌다.

가스 램프였다.

폭발.

자신이 한 일임에도 불구하고 그 폭음과 폭풍에 노엘이 비명을 질렀다.

검은 연기가 작은 버섯구름을 만들었다. 아슬아슬하게 피한 카론의 옷도 살짝 그을렸다.

카론을 얼굴을 들어 올렸다. 공사 때문에 만들어진 발판 위에 노엘이 서 있었다. 전장에서 도망쳐 숨기는커녕, 가스 램프를 가열할 방법을 찾고 있었던 듯했다.

"……해치운 건가?"

"마, 마인이라곤 해도 정말로 이런 짓을 해도 되는 걸까요."

"어이, 이런 때에 무슨 말을 하는 거냐? 상대는……."

카론은 하려던 말을 삼켰다.

검은 연기의 반대편에서 화가 끝까지 솟은 리퍼가 휘청거리며 나타났다. 해치우지 못했다.

"……그, 악마가…… 말한 대로군."

거친 숨을 몰아쉬고 있었다. 이마에는 푸른 핏대가 섰다. 화를 내고 있었지만, 얼굴이 새파래진 것처럼 보였다.

"저 폭발로도 날릴 수 없는 것인가?!"

"분명 몸을 경질화시켜 견딘 걸 거예요!"

"그런가, 그렇군……. 그런 방법도 쓸 수 있다는 건가. 잔재주가 많은 놈이군."

일단 감탄하기는 했지만, 역시 리퍼의 모습이 약간 이상했다.

"제기랄…… 불…… 불은 정말 쓸데없는 거라고! 아아…… 그래도 지금은 이럴 때가 아니야. 진정해라…… 윽!"

무늬가 새겨진 머리를 벅벅 긁으며 리퍼가 호흡을 가다듬으려 했다.

—뭐지, 불을 싫어하는 건가?

휘발유 통을 봤을 때의 눈빛도 그렇고, 아마도 맞을 것이다.

휘발유 통이 하나 더 있다면. 카론이 그 부근을 돌아볼 때였다.

리퍼가 갑자기 얼굴을 들어 올려, 노엘에게 말을 건 것이다.

"노엘 체르퀘티. 악마를 버리고 도망간 줄 알았더니…… 잘도 공격했겠다. 그렇다면 네게 하나 묻지 않을 수 없겠군."

"……묻는다고?"

카론은 꺼림칙한 예감이 들었다.

지금의 노엘의 마음을 더 이상 동요시키면 일이 귀찮아진다. 리퍼가 무엇을 물을지는 안 것은 아니었지만.

"네 놈의 질문에 솔직하게 대답해줄 이유는 없다!"

조금 조바심이 났다.

그 조바심에 당하고 말았다.

부주의하게 리퍼에게 뛰어든 카론을, 리퍼는 사정없이 검을 내리쳤다. 간신히 직격은 피했다. 하지만.

오른쪽 팔이 베였다.

"크아아악……!"

"……쳇! 네놈은 닥쳐라, 악마!"

그렇게 내뱉은 후, 리퍼는 화가 치민 듯 얼굴을 구기며 오른팔을 흔들었다. 화상이라도 입은 듯이.

—뭐지? 무슨 일이 일어난 거지? 내 공격은 맞지 않았을 터……. **어째서 녀석은 지금 아파하는 건가**?

수상하게 여기는 카론을 무시하고, 리퍼는 노엘에게 질문을 퍼부었다.

"노엘 체르퀘티. 네놈은 복수를 내세운 마인이라고 들었다. 그렇다면 그 복수에, 그 복수를 위해…… **모든 것을 버릴 각오**가 있는가?"

"……읏?!"

"내겐 있다. 내게는, 내가 믿는 정의 이외의 모든 것을 포기하고 없앨 각오가. ……그 각오로 동생을 쓰러뜨리고, 마인의 힘에 심취한 녀석의 눈을 뜨게 해 되돌릴 수 있다면……. 넌 어떠냐? 복수를 위해 그 이외의 모든 걸 버렸나?"

카론이 걱정한 대로, 그것은 상당히 성가신 질문이었다.

지금의 노엘의 마음엔 망설임이 자리 잡았다. 질리안 리트너가 뿌린 불안의 씨앗이 뿌리내리기 시작했다. 어떻게 하면 그녀가 다시 복수에 대한 길을 당당히 걸어 나갈 수 있을지, 카론도 아직 그 방법을 찾지 못했다.

"저, 전……."

예상대로였다.

노엘의 카시스 빛깔의 눈동자가 당황하여 흔들렸다.

"복수를 위해서…… 그 이외의 모든 것을……?"

그렇다.

약점을 찔렸다.

노엘이 버린 것, 버릴 수밖에 없던 것은 많이 있었다.

하지만, 모든 것을 버린 건 아니었다.

"실망이군."

리퍼의 목소리가 한층 더 낮아졌다.

카론의 눈에는 훤히…… 리퍼의 살기, 분노, 초조함이 뿜어져

나오는 것이 보였다. 그저 착각일지도 모른다. 하지만 그가 노엘에게 **멋대로** 실망한 것은 명백했다.

"그 정도의 의지밖에 없는 녀석이, 즉흥적으로 후고를 쓰러뜨렸다는 것인가. 이런 녀석 때문에, 내 정의는 닫히고 그 녀석은 그, ……어두운 감옥 안에……."

자신에게만 들릴 듯 나지막이 나열한 말이, 그의 분노를 증명했다.

"……이제 됐다. 더는 네놈들과 할 얘긴 없다."

공사 현장에 울려 퍼지는 날카로운 소리.

그 소리를 마지막으로 그 자리의 공기는 얼어붙었다. 반전한다.

바람이 사라졌다.

"—타천."

리퍼의 녹색 눈에 불길한 붉은 빛이 비쳤다. 그것은 카론의 붉은 눈과 굉장히 닮은 눈.

흰자위가 소리를 내며 칠흑으로 물들었다.

고개 숙인 얼굴의 그림자에서, 눈동자의 붉은 빛이 번지듯 빛났다.

그리고 살 색이던 그의 얼굴과 손등에는—.

눈동자 색과 같은 마법진이 떠오르고 있었다.

몸에선 검은 연기처럼 검은 오라가 피어올랐다.

카론은 경악한 나머지 말을 잃었다.

—말도 안 돼. 〈타천〉이라고……?!

리퍼가 천천히 양손의 검을 교차시켰다.

"노엘 체르퀘티……. 이것이 네놈과 나의 신념의 차이라는 것이다!"

위험해.

리퍼의 모습은『사라졌다』.

이미 족히 빨랐는데, 이제는 물리법칙조차 넘어버릴 듯한 속도가 됐다. 그 기세로, 그는 노엘이 서 있는 발판으로 돌진하여 검을 휘둘렀다.

"……!!"

철골의 발판은 쉬이 두 동강 났고, 그의 앞에서는 철은 철이 아니었다.

무너진다.

떨어진다.

카론은 재빨리 왼팔을 뻗어 사슬을 소환했다. 지금은 노엘의 불만을 들을 때가 아니었다. 사슬로 휘감아 자신의 곁으로 난폭하게 끌어당겼다.

"카, 카론! 저, 저건 대체?!"

노엘의 말보다도 중요한 소리가 카론의 귀에 들렸다.

그것이 다가오고 있었다.

도망칠 기회는 지금밖에 없었다.

중상을 입은 몸으로, 저 상태인 리퍼와 싸우는 건 무모한 짓이었다.

"……죽어라!!"

돌아보는 리퍼가 힘을 모으기 위해 몸을 낮췄다.

"날 거다, 노엘!"

"네?!"

쿠

와아앙!!

카론이 들은 건 바로 레일 위를 달리는 특급열차의 소리였다.

전장의 바로 옆에 깔린 선로로, 옆 도시로 향하는 특급열차가 통과한다.

카론은 노엘을 안고 날았다.

악마의 사슬은 열차의 팬터그래프[#2]를 붙잡았다.

노엘의 비명이 소음과 바람 속으로 사라졌다.

그리고 이쪽을 노려보는 리퍼의 눈빛도 사라졌다.

순식간에 멀어져갔다.

#2 팬터그래프 집전기. 전차나 전기 기관차의 지붕에 장치한 가선(架線)의 전류를 도입하는 장치.

Intermezzo 2

『형, 형, 있잖아. 들어봐봐. 오늘 학교에서—』

『집 근처에 새로운 젤라토 가게가 생겼대. 완전 짱이야! 근데 녹아버리니까 문병 올 때는 못 가져와』

『형, 형. 이제 곧 퇴원이지? 이 영화 보러 가자, 진짜 재밌대. ……뭐? 괜찮겠지, 그야 영화는 그냥 서서 보기만 하면 되는 걸?』

어릴 적 그는 병약하여 철이 들 나이부터 입원과 퇴원을 반복했다.

그의 세상은 굉장히 좁고 새하얀, 약 냄새로 가득 차 있었다.

좁은 병실과 진찰실과 집을 오가기만 하는 매일. 세상이 더 넓다는 건 알고 있었지만, 긴 시간 동안 그것을 실감하지 못했다.

그의 작은 세상 속의 주인은 무능력한 아버지, 약간 말이 많은 어머니와 시끄러운 남동생과 주치의뿐.

하지만 그것만으로도 좋았다.

아버지는 무능력해도 자상했다. 어머니는 말이 많았지만 그를 위해 아낌없이 보살펴주었다.

동생은 시끄럽지만 그건 목소리가 크고 입이 걸어서 그런 것뿐. 세상 밖에서 다양한 얘기를 가지고 와주었다. 남동생의 이야기는 재밌고 희망에 차 있어서, 들으면 가슴이 두근두근했다.

세간의 일반적인 기준으로 본다면 초라한 형편이었을지도 모른다. 그래도 난 행복했었다.

가족만 있다면 그걸로 족했다.

하지만 그의 세상은 바뀌어버렸다.

큰 수술이 성공하고 상태가 안정되자 그는 집으로 돌아가게 되었다.

이제부터는 가족과 여기저기 갈 수 있을지 모른다.

그런 아련한 희망이— 설마…… 병이 아닌, 불길에 의해 박살 날 줄은, 그 누구도 생각지도 못했을 것이다.

『뜨……, 뜨거워! 뜨거워, 뜨거워! 구해줘요! 구해주세요오!!』

『뜨거워……, 아, 뜨거워. 아하하…… 아하하하하……. 대단해…….』

『대단해. 굉장해, 굉장해…… 전부 없어졌어……. 아하하하하…

… 뜨거워…….』

동생의 목소리를 들은 건 그때가 마지막이었다.

갑자기 집을 에워싼 불길.

기억은 희미했지만, 어떤 폭발이 있었던 듯했다.

언제나처럼 그는 2층 침실에서 가족 중 가장 먼저 쉬고 있었다. 폭발은 부모님을 날려버렸고, 동생은 불탔으며 그를 외톨이로 만들었다. 그리고 그를 다시 병원으로 돌려보냈다.

구출된 건 그 한 사람뿐. 동생은 그때 이후로 생사도 알 수 없었다.

실성한 듯한 웃음소리와…… 불꽃의 색과 포효만이…… 그날의 기억으로 그에게 남아 있었다.

작은 세상은 불타 없어졌다.

그는 혼자서 새로운 세상에 내팽개쳐졌다.

더욱 좁고 담담하고, 평온도 재미도 없는 세상에.

"네가 오스카 드레셀이구나. 안녕."

화재로 입은 상처가 아물었을 즈음, 갑자기 병실에 나타난 건 남자인지 여자인지 알 수 없는, 게다가 무슨 생각으로 입었는지 모를 정도로 화려한 모습을 한 인물이었다.

지노 로렌치.

친척도 포기한 그를 거둔 것은 기묘한 경찰관이었다.

지노의 말에 의하면, 드레셀 가가 파괴된 원인은 악마와 마인 때문이라고 했다. 그날, 라프라스 시가지 한가운데에서, 인간이 아닌 것들이 날뛰었다는 것이었다.

어째서 아무런 관련도 연고도 없는 경찰관이 자신을 거두었는지— 그런 건 그에게 아무래도 상관없었다.

오스카 드레셀의 작은 세상은 악마와 마인에 대한 분노와 각오로 변해갔다.

마인 노엘 체르퀘티와 대악마 카론.

악마는 여기서 갈기갈기 베어버리고, 마인은 평생 감옥 독방에 처넣어줄 각오였다.

하지만 도망치고 말았다.

저 두 사람 사이엔…… 뜻밖에도……, 끈끈한 신뢰가 있었다.

"커허, 억."

몸 밖도 안쪽도, 불에 타는 듯했다. 뜨겁고 아팠다.

하지만 그런 건 아무런 상관없었다.

—이제부터 24시간 이내에 반드시 죽일 거다. 놓치는 건 용납할 수 없어. 이건, 나의, 마지막…….

살아갈 의의를 잃은 『정의의 마인』의 마지막 전투였다.

"오스카."

공사 현장을 나서려 할 때, 익숙한 목소리가 들렸다.

얼굴을 들어 올리자, 화려한 핑크색 머리와 최근 마음에 든다던 부채가 눈에 들어왔다.

지노 로렌치는 언제나 마이페이스로 자신의 세상을 무너뜨리지 않았다. 하지만 그것이 지노의 『강함』으로 인한 것임을 그는 알고 있었다.

"지노 관리관님. 면목 없습니다. 녀석들을 놓쳤습니다."

"아이 참, 다른 사람도 없으니까, 그렇게 딱딱하게 대하지 않아도 돼~"

"하지만……."

"그렇게 긴장하면 부하들이 무서워한단 말이야. 이번엔 상당히 화려하게 날뛴 것 같네."

"그 녀석들만은 제 정의를 걸고 쓰러뜨려야 합니다."

"……당신이 마인이라는 건, 나와의 비밀인거 알지?"

느긋이 움직이던 지노의 부채가 우뚝 멈췄다.

마인의 호흡도 순간 멈췄다.

지노는 자신에게 민폐 끼치지 말라는 말을 하고 싶은 것이다. 언성을 높이는 일은 거의 없지만, 때때로 이렇게 피부에 쭈뼛쭈뼛 소름이 돋을 정도로 압박을 줄 때가 있었다.

효율적으로 몸을 단련할 수 있었던 것도, 훈련학교를 거쳐 경찰관이 될 수 있었던 것도. 그리고 악마와 계약할 수 있었던 것도…….

전부 지노 로렌치의 덕분이었다.

오스카 드레셀이 정의의 마인 〈리퍼〉가 된 것은, 지노가 악마와의 계약 방법을 주선해주었기 때문이었다.

경찰 관리관이 부하에게 악마와의 계약을 권한다— 이것이 얼마나 이상한지는 그도 잘 알고 있었다. 만약 누군가에게 들킨다면 지노와 자신이 처벌받는 것으로 끝나지 않을 것이다.

라프라스 경찰의 신용이 땅바닥으로 떨어질 것이다.

이 『비밀』을 지키기 위해서, 지노는 강제적인 방법을 쓴 적도 있을 것이다.

"러셀의 견해로 볼 때, 그 두 사람은 라프라스에서 그렇게 멀리 가진 않을 거야. 포위망을 넓히면 금방 찾겠지. 당신, 지금 상당한 데미지를 받은 거 아니야?"

"……."

"때론 냉정하게 기다리는 것도 중요한 거야. 그걸 『도망』이나 『패배』라고 할 수 없어. 아무리 당신이라도…… 아니, 마인이 된 당신이기에, 〈대가〉로 인한 상처에는 이길 수 없으니까.”

오스카가 악마의 계약으로 얻은 대가는 상처와 아픔이었다.

온몸을 경질화시켜 악마 본체나 악마가 생성하는 물질을 베는 힘. 그것으로 적을 베면 자신도 똑같은 상처를 입는다.

〈참열마〉가 할 수 있는 건 베는 것뿐이며 죽일 수는 없다.

지노에게 지적당한 것처럼 현재 오스카의 가슴과 오른팔에는 상처가 있었다. 제복에 흥건한 피가 배어나오기 시작했다.

“보머가 잡혔다고 해서, 이걸 『마지막 전투』로 생각하면 안 된다?”

“……!”

“우후훗, 그 얼굴. 적중했나 보네. 우리가 몇 년이나 함께 했는데. 당신의 생각을 예상하는 건, 식은 죽 먹기♡”

“……죄송합니다.”

“당신은 이제 훌륭한 『대장님』이니까. 자신을 좀 더 소중히 하고 앞으로도 〈마인을 베는 자〉로 있어 줘야겠지?”

“……네.”

“괜찮다니까~. 당신이 정의를 위해서 단련한 그 힘은 배신하지 않아. 지금까지처럼 남몰래 묵묵히 열심히 해줘♡ 자, 그럼 뒤는 나한테 맡기구!!”

지노가 검을 들어 올렸다. 이 남자(?)는 이래봬도 완고하고 한 번 정하면 다른 사람의 말 따위에 휘둘리지 않았다. 따를 수밖에 없었다.

—난 내 목적만 이루면 그걸로 괜찮다. 그거 이외에는 아무래도 좋다. ……하지만 당신에겐 빚이 있다. 내 앞을 가로막지만 않는다면 얼마든지 이용당해도 좋다.

고개를 숙이고, 그 이상 대답 없이 그는 그 자리를 떠났다.

진전이 있을 때까지 대기다.

하지만 녀석들이 공격에 쓴 휘발유와 가스 램프의 폭발이 있던 곳을 지나자, 다시 가슴속이 술렁거렸다.

—그 녀석들을 놓친 건 불을 보고 그만 달아오른 탓이다……. 제길. 언제쯤 불을 보고도 평온할 수 있을까…….

탄 냄새가 불러일으키는 건 언제나 동생에 대한 것이었다.

동생은 분명 죽었을 거다.

아무리 찾는다 한들 찾을 수 없을 것이다.

아니, 그래도. 혹시나.

아니다, 절대로.

살아 있을 것이다.

마음속 어딘가에선 포기하면서도 포기할 수 없었다. 오스카는 경찰이 되기 전에도, 되고 난 후에도 생사불명의 동생을 계속 찾고 있었다.

설마 운명에게 비웃음당할 줄은 꿈에도 생각 못 했다.

경찰관이 되고 나서 처음으로 대대적인 범인 체포에 가담한 것은, 마인 보머 체포 작전.

막다른 골목에 몰아넣은 마인이, 후드를 벗고 가스마스크를 벗을 때까지— 오스카는 믿고 있었다.

분명 동생은 라프라스 어딘가에서 살아 있다. 자신과 똑같이 불의 기억에 괴로워하면서, 어딘가에서 숨죽이며 조용히, 얌전히.

하지만 가스마스크 아래에서 나타난 사람은—.

『여어, 형. 만나지 못하는 동안…… 건강해 졌는걸!』

그날 들은 웃음소리와 비슷했다.

확 뒤바뀌어, 정신이 나가버린 웃음소리.

후고 드레셀은 폭염을 조종하는 마인이 되어 있었다.

형처럼, 그 화재의 불길로 인해 모든 것이 무너졌다. 무의식에 불을 두려워하게 된 오스카와 반대로, 후고는 불에 홀려버렸다.

오스카의 설득도 그에게 통하지 않았다. 그리고 피나는 노력 끝에 단련한 오스카의 힘도, 미친 동생의 엄청난 힘 앞에선 전혀 아무런 도움도 되지 않았다.

인간의 몸으론 마인을 상대할 수 없었다.

마인조차 대적할 수 없다면 악마를 박멸시키는 건 도저히 불가능했다.

이런저런 고민에 괴로워하던 오스카에게 지노는 해결할 방법이 하나 있다고 말했다.

……악마와의 계약을 권하는 지노에게 죄의식은 없어 보였다.

하지만…….

어떻게 되든 상관없었다.

같은 마인이 되어 힘으로 굴복시키는 수밖에, 후고를 갱생할 방도는 없었다.

지노가 뒤에서 어떻게 상관이 있든, 내 목적과는 아무런 상관 없었다.

악마를 소환하기 전에도 후에도, 오스카는 주저한 적이 없었다. 모든 건 단 한 명의 육친을 위해서였다.

그리고 노엘 체르퀘티와 카론은, 그런 자신의 목적을 더럽힌 것이다.

—마지막 전투가 될 수 없다면……. 그렇군. 만약 놓친다면 마취 없이 00G 혀 피어싱으로 벌을 줄까.

그 두 사람은 무엇을 이루려 하는 걸까.

악마와 마인이 이렇게나 아무렇지 않게 존재하는 라프라스의 그늘에서, 무슨 일이 일어나고 있는 것인가.

오스카 드레셀에게는 아무래도 상관없는 일이었다.

—내겐 너무 큰 세상의, 무시해야 할 이야기였다.

Passage 7

정의

"전차를 잡아타고 도망쳤다고오? 뭐야, 그게. 영화냐?"

"아니, 상대는 악마와 마인이었다고?"

"아, 그래…… 그랬었지. 그래도 보고된 선로만 해도 역이 몇 개나 있는 줄 아나? 대장도 시장도 사람을 거칠게 막 다룬다니까."

"하지만, 성과를 내면 윗선이 마음에 들어 할지도 모르지. 대장도, 아무리 일을 잘한다 해도, 결국엔 관리관 마음에 들었을 뿐이니까."

"그 나이에 기동대 대장인걸, 뭐……. 그러고 보니 그 머리랑 피어싱은 또 어떻고. 눈썹도 없던데. 그게 경찰이냐고."

"말을 꺼냈으니 하는 말인데, 관리인 쪽이 외관도 속도 더 난리지……."

순찰하는 경관들을 그림자에서 숨어 지켜보던 카론과 노엘은 그들이 지나가자 크게 숨을 내쉬었다.

달리던 전차에 뛰어든, 경관이 말한 「영화 같은」 화려한 후퇴로부터 이미 몇 시간 지난 후였다.

하지만 경관들의 잡담에 따르면, 그쪽도 적극적으로 움직이고 있는 것 같았다.

두 사람은 전차가 지하로 들어간 순간 뛰어내린 후, 터널을 걸어서 공사 중인 지하철 안으로 들어왔다.

여기도 재개발 대상 지역이었다. 2년 후 개설을 목표로 새로운 지하철역이 만들어지고 있었다.

2년 후에 정말로 개설될 수 있을지 의심이 들 만큼 공사는 늦어지고 있는 것 같았다. 아직 흙만 파서, 동굴처럼 보이는 장소도 있었다. 몸을 숨기고, 쉬면서 나아가기엔 딱 맞는 장소였다.

다시 보니 카론의 상처는 심각했다. 어깨부터 옆구리까지 사선으로 심하게 베였다. 하지만 악마의 회복력 덕분인지 이미 피는 멎었다.

"벌써 이동하는 건가요? 상처도 심하고, 조금 더 쉬는 게……."

"여기도 수색 대상이 된 이상, 오래 머무르면 위험하다. 그 남자……리퍼가 오기라도 하면 정말 답이 없다."

"……."

"네 곁에 있으면 상처가 끊이지 않는군. 지금은 격하게 움직이는 건 피하고 싶다."

"……미안해요."

"……아니다, 내가 미안하군. 네가 미안해할 필요 없다. 나도 모르게 푸념을 흘리고 말았다."

카론이 약한 소리를 냈다. 무리도 아니었다.

노엘은 카론의 눈을 보고 얘기할 수 없었다.

은신처에서 급하게 챙겨 나온 배낭엔 간단한 응급 키트가 있었고 안에 붕대도 있었지만, 카론은 쉬면 낫는다며 필요 없다고 했다.

하지만 적어도 3일은 얌전히 누워있고 싶은 듯 보였다.

이 상황에서 반나절 쉬는 것조차 어려울 것 같지만.

—질리안의 말대로 라프라스를 떠나는 게 좋을까…….

노엘은 문득 뒤를 돌아보았다.

저 선로를 끝없이 걸어가면 시외로 나갈 수 있었다.

적이 된 질리안이 가로막는 것만으로도 이렇게 동요하고 있는데, 리퍼라는 새로운 적까지 나타나 버렸다. 노엘의 각오도 결의도 흔들리고 있었다.

—그가 말한 대로에요. 이렇게 주저하면서, 많은 것을 끌어안은 제겐…… 각오가 부족한 걸까요.

"어이. 지금 무슨 생각을 하는 거지?"

카론의 낮은 목소리는 분명 노엘을 타박했다.

노엘은 움찔하며 반사적으로 카론을 올려다보았다.

"어, 그러니까…… 리, 리퍼가……."

"……그래. 뒤가 신경 쓰이겠지. 위험한 녀석이다……."

재빨리 노엘은 얼버무렸다. 카론은 몸 상태가 좋지 않은 탓에 노엘의 말을 그대로 받아들였다.

"그건 대체 뭐였을까요?"

"……녀석이 어떻게 변했지?"

"어, 어떻게라뇨. ……눈이 빨갛게 빛나고, 얼굴에 마법진 같은 모양이 떠올랐어요. 검은 오라가 몸에 감돌았죠. 그렇지 않아도 괴력이었는데, 더 세지고."

"그것들의 특징이 의미하는 건 단 하나뿐이다. 마인의 〈타천〉 현상이다."

"타, 타천?"

공구나 자재가 놓인 장소를 나왔다. 작업하는 인부들의 휴게실도 겸하고 있는지, 간소한 책상과 간이 의자도 한쪽 구석에 있었다.

조금 너무 많이 걸었는지 카론은 녹초가 되어 간이 의자에 앉았다.

"악마와 계약한 후, 언제까지나 그 계약에 대해 고집스럽게, 강한 의지를 품으면…… 계약에 의한 악마의 힘이 증폭해서 그렇게 된다."

"조, 좀 어려운 얘기네요."

그래서 움직이지 않으려 했던 것인가. 노엘은 주변을 둘러보고 나서 비어있는 간의 의자에 앉았다.

"그렇겠군. 우선 계약을 『독』이라고 생각해 봐라."

예를 들어 리퍼는 자신을『정의의 마인』이라고 말했다.

그것은 즉, 그의 소원 근본에『정의』가 있다는 건 틀림없다.

리퍼는 악마와 계약하고 자신이 생각한『정의』를 집행하기 위해, 그『몸이 검이 되는』독을 받았다.

독을 받은 시점에서 계약은 만료했다. 리퍼는 어떤〈대가〉를 지불하여 이미 악마와의 연이 끝났다.

하지만 그 독은 인간에게 너무 강한, 살아 있는 독.

리퍼가『정의』를 강하게 의식할 때마다 온몸을 침식하며 점점 성장해 간다.

"계약으로 얻은 힘이 저절로 증식한다는 건가요?"

"그래서 독으로 예를 든 것이다. 그리고 그 독의 침공이 진행되고 온몸을 전부 침식할 정도가 되면……. 반쯤 독에 지배되는 형태로, 악마에 가까워진 이질적인 힘에 눈을 뜨게 된다."

"그것이……."

"그래.〈타천〉이다. 원리가 어떻든, 타천은 아주 드문 케이스다. 나도 거의 본 적이 없어. 악마에 빈 소원을 굉장히 강하게, 상당히 우직하게 의식하고, 매일 그것만 생각하는 정도가 아니면 일어나지 않는다. 소원을 위해 인간이기를 포기한 것이다."

노엘은 리퍼의 말을 떠올렸다.

『내가 그 녀석을 지하 조직에서 꺼내고 갱생시킬 생각이었다! **내가 그 녀석을 구제할 수 있었단 말이다**』

마인 보머를 쓰러뜨리는 것이 『자신의 정의』라고.

"저희는 그의 정의에 끼어들었다고도 말했었죠."

"녀석의 진짜 소원은 『마인 보머를 쓰러뜨리고 정신 차리게 해서, 정상적인 사회로 돌려놓는다』 같은 걸 거다. 경찰관이라는 직업을 가질 정도니, 정의감이 강한 게 이상하진 않은데……. 악마가 굳이 그 소원을 비틀어서 들어줬다는 것도 생각해볼 수 있겠군."

있을 법한 얘기였다. 노엘이 힐끗 째려보자 카론은 헛기침을 했다.

"어쨌든, 우리가 녀석보다 먼저 보머를 쓰러뜨리고 말았다. 그게 마음에 들지 않아서 접근한 거겠지. 아니면…… 보머를 쓰러뜨린 게 어떤 놈들인지 확인하고 싶었을지도 모르겠군."

"보머를 지하 조직에서 돌려놓기 위해서라면, **그 이외의 모든 것을 버렸다**라고까지 말했어요."

"보머는 결국 버로우즈에게 이용당했을 뿐이다. 그러니 애초에 녀석 가까이에 악마의 소환이나 계약에 대해 환한 자가 있다는 게 되겠지. 정의를 관철하려면, 좀 더 다른 것에 관심을 돌려야 했을 거다."

"……그 정도로, 보머밖에…… 동생밖에 보이지 않았겠군요. …

…질리안도 그랬지요."

정의의 마인을 자칭하는 리퍼가 자신들을 덮친 건 라프라스에 자리 잡은 악을 쓰러뜨리기 위한 것이 아니었다.

자신의 정의를 지키기 위해서였다.

그는 질리안과 마찬가지로— **자신이 좋은 일이라고 믿는** 목적을 위해 악마와 계약했다.

그들의 마음을 움직이게 한 건 『선의』였다. 누군가에게 비난받을 일도 없고, 누가 깨뜨릴 수도 없다. 자신이 틀렸다고 생각할 리가 없다.

"저도 그 정도로 질리안을 보지 않으면…… 마주할 수도 없을까요."

"그건……."

카론은 노엘을 지그시 바라보았지만, 그 이상 말을 잇지 않았다.

그렇지만, 그가 무슨 말을 할지 노엘은 왠지 알 수 있었다.

—그건 정말로 옳은 것인가, 노엘?

노엘은 알 수 없었다.

목적지 같은 건 없었지만, 두 사람은 천천히 계속 앞으로 걸어나갔다.

다행히 경찰과 마주치지는 않았다. 단순히 운이 좋았을지도 모른다.

계단을 발견해 올라가자, 지상으로 나올 수 있었다.

"후우. 공기가 맛있네요."

"하수도에서 나왔을 때도 같은 말을 했었지."

시야의 대부분을 차지하는 건 바다.

바다에 태양이 반 이상 가라앉았다.

노엘은 와 본 적도 없는 곳이었다. 커다란 철교가 놓여 있었다. 저 멀리 라프라스의 아름다운 모습이 보였다. 그리고 핏빛의 저무는 해도…… 아름다웠다.

노엘은 무의식에 걸음을 멈췄다.

"지하는 어두운 데다가 공기는 정체되어 있고, 이상한 냄새에 쥐나 바퀴벌레도 있고. 좋은 게 하나도 없어요. ……이제 곧 여기도 어두워질 것 같지만요."

"지하도 어두운 밤도, 잠복하기엔 안성맞춤이지만 말이다."

"까마귀는 어두운 곳을 좋아하는가 보네요."

"까마귀는 딱히 어두운 곳을 좋아하지도 않고 야행성도 아니다."

"어머, 그렇군요. 새까매서 그런 이미지가 있었는……."

"큭! 난 까마귀가 아니다!"

"이상하게 시간차를 두고 반응하지 마세요!"

까마귀든 새든, 입에 담기만 해도 그 자리에서 반응하던 카론이었는데, 이 반응 속도.

시선도 수평선보다도 더 먼 곳을 보고 있는 것 같았다. 분명 상처 때문일 것이다.

"어쨌든 밤이 되면 수사는 일단 일단락할 거다. 겨우 회복에 집중할 수 있겠군……."

카론은 눈을 감고 깊은숨을 쉬었다. 노엘은 무심결에 그의 가슴을 봐버린 것을 후회했다.

……붕대조차 감지 않은 상처는 열다섯 살의 여자아이가 보기엔 너무 끔찍했다. 인간이었다면 이미 죽었을 정도로 깊은 상처였다.

하지만 카론은 별로 아파하지 않는 모습이었다. 바닷바람이 닿기만 해도 몹시 아플 것 같은데.

다만 평소의 위엄과 패기는 보이지 않았다. 눈을 뜨더니 멍하니 지는 해를 바라보기 시작했다.

노엘은 그의 옆에 서서 같이 바라보았다.

피로 때문인지 아름다운 태양의 윤곽이 약간 희미해져 보였다.

"이렇게 노을을 보고 있으면, 콩쿠르가 있던 그 날이 떠오르네요……."

"네가 러셀에게 속은 날인가?"

"그렇게 되겠네요. 질리안에게 마구 화풀이하고, 콘서트홀을 뛰쳐 나와서……. 이렇게 해가 지는 걸 멍하니 바라보고 있으니, 버로우즈가……."

그날이 굉장히 먼일처럼 느껴졌다. 겨우 2개월 전인데.

"저, 이렇게 생각해요. 질리안의 우승을 솔직하게 기뻐하지 않고, 칭찬이나 축하를 할 수 없던 그 날, 그 순간이 제 분기점이었구나, 하고."

"……."

"그로부터 여러 일이 있었죠. 하지만 결국 지금의 전 역시 질리안과 마주하지 못하고, 같은 노을을 보고 있어요. ……그날로부터 아무것도 바뀌지 않았어요."

두 번 다시 질리안과는 만날 수 없을 거라 생각했지만, 뜻밖의 형태로 재회했다.

하지만…… 그, 반짝반짝 빛나던 순수한 눈동자가 노엘은…… 무서웠다.

버로우즈는 질리안의 올곧음에 질려했고 당혹감까지 엿보였다. 그리고 그때 질리안의 태도는 그의 감언에 속아 비틀린 것이 아니었다.

질리안은 어디까지나 진심이었고 노엘을 친구라고 생각하고 있다. 하지만 노엘은 그렇게까지 그녀가 자신을 소중히 생각할 줄은 생각지도 못했다.

지금까지 질리안과는 나름대로 마주했다고 생각했는데.

“리퍼의 질문을 받고, 처음으로 깨달은 느낌이 들어요. 먼저 제가 해야 하는 건, 질리안을 똑바로 마주하는 것이었어요. 그런 것도 할 수 없는 상황에서, 복수에 손을 뻗으면 이렇게…… 같은 일에 좌절하고 말 거예요.”

“정말로 그렇게 생각하는 건가?”

조용히 노엘의 말에 귀를 기울이던 카론이 갑자기 물었다.

그 말과 음색이 노엘의 마음에 조용히 비수를 꽂았다.

“리퍼를 보고 생각했다. 그 녀석은…… 너에게 **있을지도 모를 미래의 모습**은 아닐까 하고.”

노엘은 카론을 쳐다보았다.

파도 소리보다도 조용히, 가만히 듣지 않고선 못 배길, 악마의 예스러운 목소리로 말했다.

두 명의 마인의 이야기를.

한 명은 라프라스 경찰에 몸을 담고 있다. 그는 모든 것을 버리고 마인이 된 동생을 쓰러뜨리겠다는 정의를 관철하려 한다.

사실 라프라스의 그늘이 보였을 것이다. 『정의』를 내세운다면, 무시할 수 없는 거대한 악. 그럼에도 지금은 **그런 것**을 따지는 것보다 중요한 일이 있다고 생각하고 있다.

자신의 정의만이, 소중한 동생을 바꿀 수 있다.

그것 이외에 어떻게 되든 상관없다. 설령 세계가 멸망한다 해도 자신과는 상관없는 일이었다.

또 한 명은 러셀 버로우즈라는 남자에게 복수를 맹세하며, 우선 모든 것을 버리고 소중한 친구와 마주하려 한다.

복수하려 했다면, 사실 그 친구의 배후에 있는 버로우즈가 보였을 것이다. 그럼에도 지금은 그것보다 소중한 것이 있다고 생각하고 있다.

자신의 복수의 길을 소중한 친구가 가로막고 있다. 그녀와는 싸우고 싶지 않다. 어떻게든 그녀만은 원만하게 물러나게 하고 싶다.

그것 이외에는 어떻게 되든 상관없다.

그녀만 무사하다면 설령 내 복수를 이루지 못해도 괜찮다.

"……윽……."

노엘은 말문이 막혔다.

"자, 봐라. 리퍼와 넌 똑같다. 눈앞에 놓인 것에 사로잡혀, 중요한 것을 잊고 있어."

"……제겐 복수도 질리안도, 둘 다 중요하다구요."

"그렇겠지. 그렇기 때문에 넌 리퍼를 본보기로 삼아선 안 된다."

카론이 살짝 몸을 굽혀 노엘의 얼굴을 바라보았다.

"복수를 포기하지 마."

"그걸 버리면 복수의 마녀인 네게 뭐가 남지? 복수를 위해 일상을 버린 네가, 이번엔 복수를 버리는 건가? 텅 빈 마음으로, 뭐라고 하며 질리안에 맞설 것이냐?"

"그, 그건……."

"자, 하나씩 생각해 내라. 너의 복수의 시작은 뭐였지? 가장 최초의 사건은, 무엇이었지?"

생각할 것도 없었다.

지금에 이르기까지, 노엘은 질리안만 생각했었으니까.

"……피아노로 진 것에 질리안에게 화를 낸 것이요. 사실 질리안의 결과에 솔직하게 축하하고 싶어요. 단지 그것만 할 수 있었다면……."

"그렇지. 네 약한 마음이 비극을 불러들였고, 러셀의 눈에 띄는 계기가 되었다. 그게 너의 추락과 복수의 시작이었다."

카론은 노엘의 오른쪽 눈을 가리켰다.

"그리고 넌, 자신과 질리안을 이용한 러셀을 용서하지 않기로 결의했기 때문에, 나와 다시 계약을 맺었다."

안대 아래의 눈구멍에는 아무것도 들어있지 않았다.

이미 익숙해져 버린 통증에, 노엘은 눈을 찌푸리고 고개를 떨구었다.

"시간은 흐르고, 뜻밖의 형태라고는 해도…… 다시 네 앞을 질리안이 **가로막았다**. 어째서지?"

"그건…… 제가 그 아이와 제대로 마주하지 않았기……."

"아니다. 그래서 리퍼와 같다고 말했지. 모르겠나? 질리안은 또다시 **이용당하고 있다**는 거다. 질리안의 의사 같은 건, 이번엔 중요하지 않아."

"아……."

"그래. 위에서 웃고 있는 녀석이 있다. 질리안은 콩쿠르에서 네 라이벌로 만들어졌고, 너를 유인하기 위해 인질이 되었다. 그리고 마지막엔 네 복수의 길을 가로막는 벽이 되었다."

"그런, 그렇다면……."

"그렇다. 넌 지금도 러셀 버로우즈의 손바닥 안이라는 거다."

버로우즈가 고용한 마인 후고 드레셀과 시빌라 베커. 이 사람으로도 결국 노엘을 막을 수 없었다.

버로우즈가 초조해했는지 어쨌는지는 모른다.

녀석은 자기 편을 바꾸기로 했다.

수중에 든 것으로 대처할 수 없다면—.

"러셀 버로우즈가 고용한 인간들이 어떻게 됐지? 보머는? 시빌라는? 지금 행복한 날들을 보내고 있나? 그렇다면…… 질리안은 어떻게 될 거 같나?”

“지, 질리안도…… 설마……. 버로우즈 시장이 있는 한, 아무리 제가 질리안과 마주하려 해도……. 그 아이는 결국 쓰고 버려진다고요?”

“그렇게 생각하는 게 자연스럽겠지.”

“그, 그건 안 돼요! 이 이상 시장 마음대로 하게 내버려 둘 수는 없어요!”

“그렇지? 누가 나오든, 무슨 일이 일어나든 처음부터 아무것도 바뀌지 않았다. 네가 정말로 맞서야 할 상대는 누구지? 잘 생각해 봐라.”

—너의 적은 누구지?—

“저의 적은…… 러셀 버로우즈에요!”

그것 또한,

생각할 것도 없었다.

카론이 슬며시 붉은 눈을 만족한 듯 가늘게 떴다.

“그래, 그 말대로다. 질리안에게 사과하고 싶다면…… 피아노를 칭찬해주고 싶다면…… 네 복수를 막으려 한다는 속박에서 해방시키고 싶다면……. 너희를 갖고 논 러셀 버로우즈를 용서하지 마라. 쓰러뜨려. 지금은 녀석의 도구가 된 질리안에 저항해라.”

“……**지금은** 질리안에게 저항……. 설령 그것이 그 아이를 다치게 한다 해도 말이죠?”

“다치게 해서라도 싸우지 않으면, 그 여자아이도 러셀에게 먹히고 말 뿐이다. ……그렇게 강한 대악마와 계약했다. 이미 그 영혼은 깎였을 거다. 너와 마찬가지다. **지불하지 않아도 될 대가를 지불했다.**”

“……!!”

“너를 막을 방법은, 그 밖에도 얼마든지 있었다. 하지만 러셀은 악마와의 계약이라는 방법이 최적이라도 되는 양, 꼬드겼을 게 분명하다. 넌 그걸 용서할 수 있겠느냐? 방관하고 감내하며 이를 어쩔 수 없는 장애라고 받아들일 수 있겠나?”

“그런 걸 용서할 리가 없죠!”

“그렇다면 각오를 다져야 할 거다.”

복수를 포기해서는 안 된다.

중요한 건 질리안과 싸울지, 마주할지를 망설일 게 아니었다.

어떻게 하면 질리안을 버로우즈의 손에서 해방시킬 수 있는가.

—그것을 위해 내가 어떻게 하면 되는가. 그런 건 처음부터 알고 있었다. 처음부터 아무것도 바뀌지 않았다.

“알겠어요. 전 제 복수를 관철하겠어요.”

“그게 너의 각오군.”

“네. 설령 질리안과 싸우게 된다 해도, 그걸로 그 아이를 해방시킬 수 있다면, 전 망설이지 않겠…….”

꼬르르륵하고 노엘의 배에서 안쓰러운 소리가 났다.

카론이 순간 독기가 빠진 얼굴이 되었고, 그건 노엘도 마찬가지였다.

노엘은 의식하지 않아도 될 일에 의식하고 말았다. ……배고픔이었다.

“지금 그 소리는 뭐지. 네 뱃속 벌레인가?”

“오, 오늘 아무것도 안 먹었으니 어쩔 수 없잖아요! 아니다, 잘 생각해보니 어젯밤부터 아무것도 못 먹었어요!”

“흠, 그랬군. 자.”

카론이 품속에서 초콜릿 바를 꺼냈다. 단 한 개로 상당한 칼로리가 응축된, 세계적으로 유명한 것이었다.

양갓집 규수로 자라온 노엘은 CF로 본 것이 다였고, 먹어본 적은 한 번도 없었다. 하지만 지금은 뭐라도 먹을 수 있다는 것에 감사했다.

“어, 어느 틈에 이런 걸?”

“좀 전의 지하 휴게소에서다. 땅에 떨어져 있었다. 아니면 라프라스 상류층 아가씨는 땅바닥에 떨어져 있던 초콜릿 바 따윈 먹기 싫다는 건가?"

"봉투에 들었으니까 괜찮아요, 그런 건! 바, 반쪽 주세요!"

"나한테 영양은 필요 없다. 너 혼자 다 먹어라."

히죽이죽 웃으면서 카론이 내민 초콜릿 바를, 노엘은 잡아챘다. 포장을 뜯어 한입 먹었다.

……달콤했다. 이에 달라붙었다. 그래도…… 맛있다.

노엘은 말없이 그저 우물우물 먹기 시작했다.

"……네 선수 선서가 엉망이 되었군. 슬슬 쉴 곳을 찾아보자."

노엘이 두려워하던 전개가 될 것 같다.

오늘 밤은 노숙이다.

마른 밤바람.

조율되지 않은 피아노 소리.

귀에 거슬리는 소리.

노엘은 꿈을 꿨다.

발아래에는 하얀 깃털과 뼈가 쌓여 있었다.

하지만 그거 이외엔 전부 새까맸다. 암흑이었다.

『노엘.』

이상한 피아노 소리는 간헐적으로 이어졌다.

—질리안…….

암흑 속에 새하얀 드레스를 입은 질리안이 서 있었다.

『노엘, 그거 알아?』

저 멀리에 있는데, 그녀의 목소리는 가깝게 들렸다.

『푸른 장미의 꽃말.』

질리안의 허리춤에 푸른 장미 코사지가 있었다.

『꽃말은 「꿈이 이루어지다」. 멋지지. 근데.』

—질리안. 어째서 다가갈 수 없는 거야…….

노엘은 안달이 나서 몸부림치듯 앞으로 나아갔다.

꿈속의 노엘은 팔다리가 있었다. 하지만 의족보다도 걷기가 힘들었다.

『옛날엔 다른 꽃말이었대.』

질리안은 그저 서 있는데 다가갈 수 없었다.

『푸른 장미의, 예전 꽃말은 말이야.』

손을 뻗었다.

질리안이 뒤돌아보았다.

『「불가능」.』

그 얼굴에는 아무것도 없었다.

눈도 코도 입도.

그저 캄캄하고 새까만.

어둠이 있을 뿐이었다.

귀에 거슬리는 소리.

귀에 거슬리는 소리.

귀에 거슬리는—.

귀에 거슬리는 소리가 멀리서 울려 퍼졌다.

"……으음. 뭐야…… 이 소리는……."

"일어났나? 슬슬 깨우려던 참이었다."

"……으음…… 어…… 설마 사이렌……?"

"그래, 들리는 대로다."

"왠지 꺼림칙한 꿈을 꿨어요. 이런 데서 자서 그런가 봐요."

완전한 노숙이었다. 일단 바람막이가 있는 장소였다. 하지만 노엘은 땅에 여벌 옷을 깔고 배낭을 베개로 삼아 잘 수밖에 없었다.

온몸이 아팠다. 침대에서 자지 않으면 이렇게 되는 걸까. 게다가 아까부터 귀에 거슬리는 사이렌이 멀리서부터 들려오고, 불쾌하기 그지없는 기상이었다.

"……어, 잠깐만 기다려 주세요. 사이렌?"

"아침부터 시끄러워서 죽는 줄 알았다."

카론은 앉은 채 팔짱을 끼고 있었다. 눈까지 감고 실로 태평한 모습이었다.

"어제오늘로 빠르게 수사 범위를 좁히고 있는 것 같다. 이번 경찰은 평소보다 더 끈질겨. 러셀도 이제 본격적으로 나서려는지도 모르지."

"그, 그럼 좀 더 빨리 깨우지 그랬어요! 포위되고 나서는 늦잖아요!"

"딱히 바뀌는 것도 없다. 포위되든, 아니든. 이 라프라스에 있는 한은 말이지."

카론은 눈을 뜨고 조금 떨어져 있는 철교를 바라보았다.

"저 철교를 건너서 고개를 넘어가면 라프라스 『밖』이다. 걸어서 가면 상당한 시간이 걸리지만, 러셀의 힘이 미치지 않는 마을에 갈 수 있을 거다. 딱히 라프라스만이 세상의 전부가 아니야."

"……상처는 좀 괜찮나요?"

노엘이 시선을 돌리자, 카론은 팔짱 낀 팔을 풀었다. 셔츠와 조끼에는 피가 번져있었지만, 상처는 거의 보이지 않았다. 어떤 원리인지는 모르겠지만, 상처가 회복하면 옷이 찢어진 곳도 원상복구 되는 것 같았다.

"하룻밤 쉬었으니까. 꽤 좋아졌다."

"그런 상처가 그냥 하룻밤 쉰다고 좋아지지 않을 거예요."

"인간의 연약함에는 동정한다. 그래서 어떻게 할 거지? 걷는 데는 지장이 없다. 또 어딘가 숨을 건가? 아니면 라프라스를 나갈 건가? 지금부터 이동하면 아마 시간이 맞을 거다."

"……숨으면, 또 바로 장소가 발각되고 쫓기고 도망치고…… 이 반복일 거예요."

"뭐, 끝은 없겠지."

"라프라스를 나가는 건……. 그건 좀, 생각해봤지만. 역시 그래도……."

노엘은 일어서서 카론을 내려다보았다.

"싸워요. 이젠 도망가는 것은 끝이에요."

"……괜찮나?"

"네. 도망치기만 해선 복수를 이룰 수 없어요. 전 복수를 관철하고, 질리안에게 떳떳하게 나설 거예요!"

"그렇게 나와야지."

카론은 씨익 웃으며 천천히 일어섰다.

상처로 피폐했던 어제와 달리 평소와 같은 위압감이 돌아와 있었다.

“그럼 어떻게 할 거냐? 다음 수는?”

“열차든 뭐든 타고 시가지로 돌아가죠. 만약 경찰이 쫓아오면 공격. 당신도 아직 몸 상태가 온전치 않은 거죠? 그럼 정면충돌은 피해야겠지만, 그렇다고 경찰 때문에 돌아가진 않기로 해요. 방해되면 쓰러뜨리죠.”

“흣……. 엉망진창이군. 작전이라고 할 수도 없겠어. 하지만 됐다. 넌 그 정도가 딱 좋아.”

그는 질린 듯 양팔을 가볍게 펼쳤지만, 그 미소는 비교적 즐거워 보였다. 하룻밤 쉬는 동안, 그도 뭔가 털어낸 듯한 태도였다.

“하지만, 조만간 그 남자는 반드시 다시 나타나겠군.”

“……리퍼 말이군요. 그 마인은 질리안과 대면하기 전엔 어떻게든 하고 싶긴 하네요. 〈타천〉의 힘은 너무 위험해요.”

“그래도 반대로 말하면 그 힘이 약점이기도 하다. 다른 경관이나 시민 앞에선 마인의 힘을 보일 수 없을 거다. 시가지에선 녀석이 〈리퍼〉가 될 수 있는 타이밍이 적다는 뜻이지.”

“그럼, 정해졌네요. 저 지하철 터널까지 돌아가요.”

냉정하게 보면, 그것은 사이렌에 내몰리는 듯했다.

라프라스 교외의 황야를 가로질러, 노엘과 카론은 어제 빠져나온 지하철역으로 돌아갔다.

노엘은 조금도 「도망친다」는 느낌이 없었다.

건설 도중의 지하철역 입구에는 램프를 깜빡이는 경찰차가 한 대. 경관은 세 명밖에 없었다.

카론은 당당하게 모습을 드러냈다.

"으악?!"

너무나 당당히 정면으로 걸어 나갔으므로 경찰도 깜짝 놀란 듯했다. 그들은 허둥지둥 진압용 방패를 준비했다.

"겨, 경찰이다!"

"너희들에겐 승산이 없다, 얌전히 투항해라!"

"흠, 저 방패는 분명……."

"TV에서 본 적 있어요. 총알을 막을 정도로 단단하다고 하던데요!"

"그럼 정면에서 싸우지만 않으면 되겠군!"

카론이 팔을 흔들었다.

그 움직임에는 부상 중이라곤 생각할 수 없는 민첩함이 있었다.

그의 손에서 뻗어 나간 사슬은 경찰차 문의 유리창을 깨고 휘감아 순식간에 차체에서 문을 잡아뗐다. 카론이 옆으로 사슬을 끌어당기자, 방패를 친 경관의 측면에 문이 충돌했다.

"악……."

뜻밖의 방향에서, 뜻밖의 물체가 날아온 탓에 남은 두 사람은 순간 당황했다.

카론은 재빨리 몸을 구부려 지면을 후려치듯 팔을 휘둘렀다.

사슬이 한 번 지면을 쓸자, 불꽃이 흩날리며 허둥대던 경관들의 발을 걸어 넘어뜨리고 구타했다.

눈 깜짝할 새에 방패를 든 경관들은 땅에 쓰러졌고, 몸부림치기 시작했다. 카론은 그들에게 다가가 발로 걷어차 전원 실신시켰다.

"해치웠네요. 최상의 컨디션 아닌가요!"

"하지만 여기에도 이미 경찰이 깔린 것 같다. 이 앞에는 더 많은 인원이 있을 거야. 내 곁에서 떨어지지 마라. 멋대로 움직이면 커버 못 해."

"네, 알아요. 싸움은 맡길게요."

카론의 예상대로 역 구내에는 경찰이 만반의 준비를 하고 기다리고 있었다.

노엘은 카론이 그들을 해치우는 것을 어깨를 움츠리며 지켜볼 수밖에 없었다. 자신이 할 수 있는 건 그저 앞으로 나아가는 것뿐.

하지만…….

왠지 함께 싸운다는 생각이 들었다.

카론과 같은 길을 걷는다는 생각이 들었다.

"악마만 보지 마라! 마녀도 노려라!"

오싹한 지시가, 뛰어오는 발소리와 함께 날아왔다.

"그래도…… 죽이진 마라!"

하지만 그들은 함부로 발포할 수 없는 듯했다. 버로우즈의 지시였을까. 위험한 악마와 마인이지만 생포해야 하는 것 같았다.

"어차피 고용된 자들이군. 살기가 부족해."

방패를 들고 돌진해오는 기동대에 카론은 반대로 뛰어들었다.

슬림한 몸인데도, 그의 몸통 박치기엔 상당한 위력이 있었다.

선두에 있던 기동대원은 완전히 날아가 버렸다. 그가 놓아버린 진압용 방패를 카론은 땅에 떨어지기 전에 잡았다.

그가 그것을 어디에 쓸지 노엘이 생각하고 있자—.

"흣!"

카론은 그 방패를 바로 근처에 있던 기동대원의 방패에 부딪혔다. 한 손으로 가볍게 치켜들고 다시 한번 부딪혔다.

—사용법! 그게 아니라구요! 아마도!

각도에 따라선 총알도 튕겨내는 진압용 방패였지만, 악마의 엄청난 힘에는 버틸 수 없었다. 카론이 휘두르던 방패도, 그 방패 부딪힌 방패도, 4번째 공격에서 박살났다.

균형을 잃고 쓰러진 기동대원을 카론이 사슬로 순식간에 꼼짝 못 하게 꽁꽁 묶었다.

그리고 그대로 멀리 던져버렸다.

사슬에 칭칭 감겨 날아온 동료에, 기동대원 둘, 셋이 말려들었다.

“왜, 왠지 오늘은 굉장히 공격적이라고 해야 하나……. 정말 난폭하네요.”

“지금 이 상황에 점잖게 할 수 있겠나? ……머릿수가 늘었다. 플랫폼으로 가자!”

“앗, 잠깐만요!”

어안이 벙벙한 노엘을, 카론은 덥석 안아 올렸다.

여전히 이쪽으로 달려오는 발소리는 계속되었다. 카론이 말한 대로 쫓아오는 사람들의 수가 늘었다.

노엘은 카론에게 짐처럼 겨드랑이에 들려 있었다. 평소라면 이 취급방법에 불만을 토했을 것이다. 하지만…….

피냄새가 났다. 인간의 피와 비슷한 듯 다른 냄새. 살짝 얼굴을 움직이자 카론의 가슴에 생긴 상처가 보였다. 좀 전의 격렬한 전투로 벌어진 것 같진 않지만, 이 상처로 이만큼 열심히 해주는 그에게, 무슨 불만을 말할 수 있을까.

날아갈 기세로 플랫폼에 들어갔다.

노엘의 귀는 바로 그 『소리』를 들었다.

“……! 카론, 열차가 지나가요!”

“……매우 좋은 타이밍이군. 운이 좋은 건가…….”

“일단 말해두지만, 열차에 뛰어들 때는 조심하세요!”

“그 정돈, 내게는 별일도 아니다.”

“당신이 아니라, 절 생각해서 『조심해 달라』는 말이에요! 당신의 손이 그 벽을 탈 때처럼 조금이라도, 한순간이라도 미끄러지면! 이번에야말로 진짜로 전 죽고 말 테니까요!!”

“아직 그 일로 꽁해있는 거냐……. 안심해라, 이때다 싶을 때, 제대로 해줄 테니.”

항상 제대로 해줬으면 좋겠다.

노엘은 하고 싶은 말을 꿀꺽 삼켰다. 열차 소리와 빛이 가까워지자, 카론이 집중하는 것이 보였으니까.

열차는 상당한 속도로 들어오고 있었다. 이 상태라면 플랫폼을 통과하는 건 순식간이었다.

“경찰을 공격하는 마인 테러리스트에게 범죄 추가. 『무임승차』다!”

사슬이 뻗어 나가는 소리는 열차가 통화는 굉음에 가려 사라졌다.

풍압에 눈을 감은 노엘은 뭔가에 강하게 끌어 당겨지는 것을 느끼고— 눈을 떴을 때는 질주하는 열차의 뒷부분에 있었다.

“전차의 종류는 뭐든 상관없다. 화물 열차면 다른 승객도 없으니 편해서 좋겠지.”

“이 차량에도 짐밖에 없으면 안에 들어가서 잠깐 쉴 수 있을 것 같네요.”

“……흠.”

“왜 그러세요?”

“……아니다, 내가 먼저 들어가지.”

카론은 뭔가 걸리는 것 같았다. 신중하게 주위를 둘러본 후, 화물 차량의 문을 열었다.

안에는—.

짐이 거의 쌓여 있지 않았다.

그 대신.

“노엘 체르퀘티 및 대악마 카론 포착. 예정대로 이제부터 제압하겠다.”

기동대와 경찰차를 연상시키는 색의 드론이 여러 대 매복하고 있었다.

기동대를 거느린 남자의, 가면처럼 얼어붙은 무표정 안에는 녹색의 두 눈동자만이 형형하게 빛났다. 냉정하게 무선으로 보고한 후, 그는 천천히 손을 내렸다.

“리…… 리퍼?!”

“역시 한 방 먹었군!”

“너무 경찰을 얕보면 곤란하지. 네놈들이 장거리를 열차로 이동할 가능성은 고려하고 있었다. ……눈앞에서 무임승차하는 걸 보고도 놓쳤으니. 철도를 봉쇄하고 이렇게 미끼를 뿌려놓았지.”

도망 중, 운 좋게 나타난 열차.

게다가 평소엔 잘 보이지 않는 화물 열차.

다른 승객이 없으니까 지명수배범에게는 더욱이 안성맞춤.

세상은 그렇게 만만하지는 않다는 말이었다.

"네놈들은 이대로 연행될 거다. 저항할 거라면, 우리 기동대와 제압용 드론이 상대해주겠다."

인간보다 먼저 드론이 앞으로 나왔다.

제압용이라는 것에 납득이 갔다. 구형의 본체에서 내민 팔에 전격이 휘감겨 있었다. 조금이라도 몸에 닿으면 인간은 간단히 제압될 것이 분명했다.

"……어떻게 하죠, 카론?"

"그거야, 당연히, 상대할 수밖에 없겠지!"

카론이 태세를 갖추는 것과 동시에 드론이 일제히 덮쳐 왔다.

열차가 달리는 소리보다도 드론의 프로펠러 소리가 클 정도였다.

하지만 카론은 정면에서 상대하지 않았다.

기세 좋게 양팔을 펼쳤다. 그가 양손에서 소환한 몇 줄의 사슬은 드론을 한 번에 때려눕힌 후— 화물 열차의 양측 벽에 커다란 구멍을 뚫었다.

맹렬한 바람이 불어 들어왔다. 노엘은 놀라 무심코 머리칼을 잡았다.

여기는 터널 안, 게다가 열차는 시속 100km 이상으로 달렸다. 갑자기 뚫린 구멍에서 불어 들어온 바람으로 인해 드론이 죄다 크게 휘청거렸다. 카론은 빈틈투성이의 드론을 사슬로 붙들어 차례차례 벽의 구멍 밖으로 내던졌다.

터널의 벽에 부딪혔는지, 드론이 폭발하는 소리가 들렸고 점차 멀어졌다.

"제압용인지 뭔지 잘 모르겠지만, 좀 더 드론을 무겁게 만들었어야 했어."

"칫……. 물러나라! 총격 부대로 넘긴다!"

이미 리퍼의 모습은 보이지 않았다. 드론을 조작하던 기동대는 카론에게 대항하지 않고 그대로 후퇴했다.

"가자, 이대로 열차를 제압한다!"

카론이 기세를 타고 있었다. 상처는 문제없는 듯했다.

노엘을 안고 열차 연결부를 뛰어넘어 다음 차량으로.

그 안은— 암흑이었다.

"큭!"

총성.

총알은 다행히 맞지 않았지만, 노엘의 바로 옆을 비켜나갔다.

방금 후퇴한 기동대원은 『총격 부대로 넘긴다』고 했던가.

"어둠 속에서 일방적으로 쏠 생각인가. 역시 무작정 덤빌 수 없게 됐군!"

"읍?!"

갑자기 노엘은 입이 막히고 그림자 속으로 끌려 들어갔다. 순간 심장이 멎는 줄 알았지만, 이 깃털로 덮인 큰 손은 카론의 것이었다.

그리고 카론은 노엘에게 귓속말을 했다.

"……여기서 움직이지 마라. 난 인간보다 밤눈이 밝다. 이 낌새로 볼 때……. 숨어있는 저격수는 한 명이 아니다. 처리하고 오겠다."

노엘은 조용히 끄덕였다.

카론의 손과 기척이 멀어져갔다.

바로 총성이 들렸다.

노엘은 웅크리고 전전긍긍할 수밖에 없었다. 저격수는 야간 암시경이라도 쓰고 있는 걸까.

총성. 총알이 튕기는 소리.

신음 소리가 들렸다. 카론의 것은 아니었다.

총성.

노엘은 다시 한번 어둠이 무섭다는 걸 자각했다. 이렇게 떠는 것밖에 할 수 없는 게 안타까웠다.

총성.

"이 악마 놈……! 으헉!"

총성.

다시 신음소리.

그것이 몇 번인가 반복되고 이윽고 아무 소리도 들리지 않았다.

차분한 발소리가 다가왔다. 노엘은 알 수 있었다. 이 발소리는 카론이었다.

"끝났다."

"어, 저, 전부 해치운 건가요?"

"흠. 어차피 인간이다. 그런 어중간한 대책으로 공격한들 대악마에게 먹힐 리가 없지. 무턱대고 우르르 덤비는 게 더 성가시다."

캄캄한 탓에 카론의 표정은 전혀 보이지 않았지만, 어차피 콧김을 뿜으며 득의양양해하고 있을 게 분명했다.

—꽤나 순조롭게 이기고 있어서 그런지 태도가 거만해졌네요. 방심하지 말았으면 좋겠지만요.

하지만 노엘의 걱정은 기우로 끝났다. 어둠 속을 걸으면서 카론은 낮은 목소리로 말했다.

"슬슬 리퍼가 나올 차례가 된 것 같군. 녀석에겐 사람들의 눈이 없어지고 난 후가 시작일 거다. 녀석을 쓰러뜨릴지, 녀석에게 당할지…… 여기까지 왔으니 둘 중 하나다."

"……."

카론은 눈앞에 멈춰 섰다.

한 박자 쉬는가 싶었는데, 그 순간 바로 문을 차 날려버렸다.

문밖에는 두 명의 기동대원이 대기하고 있었다. 카론은 순식간에 한 명을 사슬로 묶고, 다른 한 명의 가슴을 발로 찼다.

부서진 문에서 터널 안을 질주하는 굉음과 바람이 불어 들어왔다.

터널의 빛이 간헐적으로 악마의 모습을 비췄다.

"간다."

노엘은 마른침을 삼켰다.

고개를 끄덕였다.

다음은 컨테이너 차량이었다.

차량에 쌓여 있는 건 두 개의 컨테이너와 크고 작은 짐들. 겉보기에는 가득 찬 것처럼 보이는 차량이었지만, 컨테이너나 나무 상자는 텅 비어있을 것이다.

컨테이너 위에 그가 서 있었다.

등에는 조금 전에 대치할 때는 없었던 두 개의 검이 있었다.

카론과 노엘을 내려다보는 얼굴은 조금 분한 듯 보였다.

"……역시 왔나. 대원들은 좀 더 단련할 필요가 있다고 보고해야겠군."

"그래, 동료들은 다 처리했다. 미안하게 됐군. 어제의 빚을 갚으러 왔다."

카론이 실컷 빈정거리자 마인 리퍼의 표정이 한층 더 일그러졌다.

그의 살기가 천천히 지글지글 끓어오르고 있었다.

“흥. 아무리 발악해도 네놈들에게 질리는 없어. 이 강철의 정의엔 어떤 것도 다가올 수 없다. 어중간한 각오로 후고를 쓰러뜨린 걸 후회하게 만들겠다!”

노엘은 겁 없이 앞으로 나갔다.

“당신이 어제 제게 물었죠. 『복수를 위해서, 그 이외의 모든 것을 버릴 수 있느냐』고.”

“……그래. 그리고 네놈은 대답 못 했지. 그건 네놈이 아무것도 버릴 수 없는 어중간한 놈이기 때문이다! 후고가 이런 어중간한 놈들의 먹이가 되다니!”

후고.

후고.

아아, 정말 카론이 말한 대로였다.

그에겐 그 이외엔 아무것도 보이지 않았다.

정말로 전부를 버렸다.

“당신이 묻고 나서, 전 분명 머뭇거렸어요. 하지만 오늘은 제 나름의 답을 가지고 왔어요.”

리퍼는 입을 다물고 가만히 노엘을 바라보았다. 일단 얘기를 들을 마음은 있는 것 같았다.

노엘은 입술을 훔치고, 차분히 **답했다**.

“복수를 위해서 그 이외의 모든 것을 버릴 수 있느냐……. 저는 노, 라고 답하겠어요."

"……그렇겠지. 네놈은 어차피 아무것도 버리지 못하고, 아무것도 선택할 수 없을 것이다. 그 정도의 각오밖에……."

"복수는 관철한다. 그리고 그 이외의 모든 것도 버리지 않고 마주한다."

"……윽, 뭐라고……?"

"전 제 신념도, 소중한 사람도, 전부 똑똑히 응시하며 복수를 관철하겠어요!"

리퍼의 분노가 단숨에 불타올랐다.

그는 엄청나게 사나운 얼굴로 분노를 토해냈다.

"그런 게 가능할 리가 없다! 제멋대로인 소리 늘어놓지 마라! 악마의 소원에 담을 수 있는 생각은 단 하나! 자신의 신념 이외엔 버릴 수밖에 없다!!"

카론이 차분하게 반론했다.

"스스로 그런 **작은 세상**에 틀어박히면 어쩌자는 거냐."

"큭?!"

"그래서야 정말로 중요한 것까지 깎아 없애고 있는 것 아닌가? 네가 보머를 되돌리기 위해서 싸워야 했던 것은, 보머 본인뿐만이 아니었다. 알고 있겠지. 악마의 그늘을 넌지시 비치며 보머를 이용하던 흑막이……."

"닥쳐! 흑막 따위 내 알 바 아니다!!"

카론의 말 중 하나가 리퍼의 약점을 찌른 것 같았다.

이미 그는 들으려 하지 않았다. 그것조차 버린 것이다.

검은빛이 그를 중심으로 폭발하려 하자, 리퍼의 표정이 그 순간 확 바뀌었다.

타천.

검게 변한 눈 속에서 빛나는 건, 악마 같은 붉은색의 눈동자. 그 얼굴에도 손등에도 꺼림칙한 붉은 마법진이 떠올랐다.

마인은 등으로 손을 뻗어 검을 뽑았다. 터널을 비추는 오렌지빛이, 그 검 위에 일렁였다.

"그럼 증명해 봐라, 이 악마들아! 복수하려는 네놈들의 그 어중간한 신념이…… 모든 것을 버리고 동생을 되돌리려고 한 나의 〈정의〉를 뛰어넘는다는 것을!!"

노엘은 카론이 말하기도 전에 서둘러 그 자리를 피했다. 열차는 여전히 상당히 빠른 속도로 달리고 있었다. 비틀거렸을 때는 숨이 멈췄다.

이런 불안한 장소에서 두 사람은 싸울 생각인가.

피할 수 없는 싸움이라는 건 잘 알고 있지만, 노엘은 안절부절 못했다.

굉음.

리퍼는 그 자리에서 움직이지 않고, 검을 내리찍었다.

카론을 덮친 건 칼 그 자체가 아닌 충격파였다.

카론의 머리에 있던 깃털이 두 장 잘려 날아갔다.

리퍼가 검을 들어 올리고—.

내리찍은 순간, 카론은 크게 이는 바람 사이를 빠져나와 도약하여 간격을 좁혔다.

"……!"

발톱은 리퍼의 목덜미를 스쳤다.

하지만 스웨이 백처럼 최소한의 움직임으로 피했다.

사슬을 내리칠 정도의 틈이 아니었다. 카론은 당황하지 않고 일단 잽싸게 물러났다. 덕분에 뜻밖의 리퍼의 재빠른 참격을 피할 수 있었다. 하마터면 당할 뻔했다.

"호오!"

카론의 판단에 리퍼도 감탄한 것 같았다.

이를 꽉 악문 송곳니가 인간의 것보다 크고 날카롭게 변한 것처럼 보였다— 이것도 타천의 영향인 건가.

리퍼가 오른팔 전체에 힘을 주었다.

바닥엔 내리찍은 검의 궤적이 전혀 보이지 않았다.

카론은 또다시 아슬아슬하게 피하는 처지가 됐다.

하지만—.

아까보다도 간격이 좁았다!

카론은 크게 앞으로 한 발 내딛고, 발톱을 내밀었다.

닿았다.

리퍼의 제복의 버튼이 날아갔다.

"크……! 너무 우쭐해지지 마라, 빌어먹을 악마 따위가!"

"어이. 무례하잖아, 빌어먹을 인간 따위가."

"닥쳐! 수다스러운 까마귀군!"

"뭣……."

"그래, 그럼 네놈을 잡을 때까지 이 양날의 육체로 계속해서 널 몰아넣겠다!"

그를 에워싼 검은 오로라가 불꽃처럼 솟아올랐다. 그 후로 리퍼의 공격은 이미 방어도 회피도 생각할 수 없을 정도로 강해져 있었다.

몸의 외관은 변하지 않았지만, 아마 전신을 경질화 시킨 것 같았다.

그가 올라간 컨테이너는 리퍼가 내뿜는 충격파로 너덜너덜해졌다.

이젠 발톱이나 사슬도 튕겨내는 것인가.

카론은 피할 수밖에 없었다.

"쳇, 촐랑촐랑 잘도 피하는군!"

"먼저 조급해하는 쪽이 지는 거다, 마인."

리퍼로서도 빨리 결판을 짓고 싶을 거다. 터널을 빠져나가서 시가지로 들어가 버리면, 컨테이너 위처럼 눈에 띄는 장소에선 싸울 수 없게 된다.

카론도 싸움을 길게 끌고 싶지 않았다. 아직 상처가 완전히 아물지 않았다. 아프지 않을 리가 없었다.

리퍼가 괴물 같은 모습으로 태세를 갖추고 돌진할 기색을 보인 그때.

열차가 큰소리를 내며 격하게 흔들렸다.

"……!"

"으앗…… 큭!"

카론도 리퍼도 넘어지는데 그치지 않고 컨테이너에서 떨어졌다.

"카론!!"

노엘은 참지 못하고 컨테이너 구석에서 튀어나왔다.

살펴보니, 카론은 컨테이너 옆 나무 상자 위에 무릎을 꿇고 있었고, 리퍼는 컨테이너의 덮개에 매달려 있었다.

"난 괜찮다, 그것보다 리퍼를 공격해라! 지금밖에 없어! 뭐든 좋으니 네가 녀석을 한 방 먹여줘라!"

"읏, 아, 알았어요!"

이런 불안정한 장소에서 도망가야 한다느니, 리퍼에게 가면 위험하다느니 그런 말을 할 때가 아니었다. 노엘은 정신없이 의족을 움직여 리퍼의 공격으로 파괴된 컨테이너 파편 앞에 섰다.

“자기밖에 모르는 이 미친 마인이! ……해 봐라! 네놈의 에고를 위해, 정의의 경찰관을 밀어뜨려라!”

언뜻 목숨을 구걸하는 것 같지만, 리퍼의 모습은 살의와 분노로 가득 차 있었다.

순간적으로 욱해서 노엘은 부르짖었다.

“이제 와서 그런 협박 같은 건 아무렇지 않아요! 복수를 가로막는 건 **누구든** 쓰러뜨릴 거에요!”

노엘의 특기인 의족 킥이 금속제의 파편을 멋지게 날려버렸다.

명중했다.

하지만.

“으아아아아아아아아악!”

리퍼는 컨네이너에서 떨어지긴 했지만, 차량에서 내던져지기 전에 태세를 바로잡았다. 마치 고양이처럼 공중에서 회전했다. 게다가 체크 무늬 강철판 위에 떨어진 그는 낙법까지 취하고 있었다.

“망할 범죄자가, 이 정도로 내가 당할 줄 알았나!”

검을 뽑으며 리퍼가 다시 앞 차량으로 이동했다. 태세를 고치려 하는 것이리라.

“아, 조금만 더 하면 됐는데!”

“이미 인간의 움직임이 아니군.”

“어떻게 쓰러뜨리면 될까요? 저런 걸.”

"타천은 수명을…… 악마의 계약으로 깎인 영혼을, 한 번 더 깎는 행위다. 언제까지고 저 신체 능력을 유지할 수는 없을 거다. 자, 쫓아가자!"

카론이 말한 대로였다.

다음 열차 또한 컨테이너 차량이었고, 리퍼는 컨테이너 위에서 노엘과 카론에게 등을 돌리고 있었다.

그 어깨가 격렬하게 위아래로 떨리고 있었다. 카론에게 상처를 입지 않았는데도 리퍼는 지쳐있었다.

노엘과 카론의 기척을 눈치챘는지 리퍼는 천천히 뒤돌았다.

노엘의 카시스 색 눈동자와 그 진홍색 눈동자가 마주친 순간.

훅하고 엄청난『압력』이 노엘과 카론에게 밀어닥쳤다.

리퍼는 아무것도 하지 않는데, 그의 발밑의 컨테이너가 가늘게 찢어지며 패였다. 검은 오라는 세차게 소용돌이를 만들고 있었다. 리퍼의 붉은 눈동자는 이 자리의 어떤 것보다도 강하게 빛났다.

"……처음부터 이렇게 할 걸 그랬군. 몸을 걱정하니까 길어져 버렸어. 네놈들을 단번에 숨통을 끊어놓겠다. 지금은 그 외의 것은 생각할 필요도 없어!"

리퍼가 검을 뽑았다.

노엘의 등줄기에 식은땀이 흘러내렸다.

저런 살기는…… 처음이었다.

"뭔가 엄청난 게 올 것 같군!"

카론은 이미 밑져야 본전이란 생각일지도 모른다. 리퍼를 향해 몇 개의 사슬을 풀었다. 하지만 사슬은 리퍼가 뿜는 오라의 소용돌이에 닿자마자 산산이 조각났다.

"쳇, 소용없나!"

"어, 어떻게 하면……."

도망칠 곳도 없었다.

반격할 방법도 없었다.

어쩔 수 없는 건가라는 생각이 들었을 때, 무서운 『미래』가 눈 들어왔다.

노엘은 웅크리며 반사적으로 외쳤다.

"카론, 엎드려요!!"

카론도 반사적으로 파트너의 말에 따랐을 것이다.

그는 엎드렸다.

리퍼는 엎드리지 않았다.

틱.

노엘은 무심코 눈을 감았다.

얼굴에 피가 한 방울 튄 것을 알 수 있었다.

무거운 것이 쓰러지는 소리에 노엘은 숨을 죽이며 눈을 떴다.

……리퍼는 엎드린 채 쓰러져 있었다. 그의 후두부는 제대로 쳐다보지 못할 정도로 참혹한 상태였다. 금발은 완전히 피투성이가 되었다.

터널의 천장이 낮아지는 것을, 노엘은 알아챘다.

"……위험했어요. 조금만 더 늦게 알아챘으면 지금쯤 머리가 다 날아갈 뻔했어요."

"이 녀석도 시속 100km의 충격에는 버틸 수 없는 건가."

"그 충격에도 목이 날아가지 않다니, 정말 더는 인간이라고 할 수 없겠죠? 전 좀 더 참혹할 줄 알았는데……."

목이 날아가든가, 머리의 형태를 못 알아보거나. 노엘이 상상한 것보다는 훨씬 괜찮았지만, 리퍼는 꿈쩍도 하지 않았다.

컨테이너의 덮개엔 그의 머리에서 흐른 피가 소리 없이 걸쭉하게 퍼져갔다.

"마인 리퍼……. 의외로 맥없이 끝났네요."

"**눈앞의 적밖에 보이지 않았다**. ……이 녀석다운 최후일지도 모르지."

카론은 크게 숨을 내쉬고, 주변을 둘러보았다.

아직 화물 열차는 터널 안을 질주하고 있었다.

"열차가 지상으로 나가는 걸 기다리자. 적당한 타이밍에서 내리겠다."

"『내린다』라기 보단 『뛰어내린다』는 거죠?"

"주……."

"……엇?"

희미하게 들리는 카론 이외의 남자 목소리에 노엘은 흠칫했다.

움직였다.

리퍼가.

"……죽여…… 버리겠어!"

노엘도 카론도, 무의식에 뒷걸음질 쳤다.

"죽인다!!"

피투성이인 얼굴에서 붉은 눈이 형형히 빛났다. 카론까지 마른 침을 삼킬 정도의 기백.

아니, 이 정도의 상처로 아직도 살아 있는 게 이상했다.

"이 괴물 자식……!"

카론으로서도 그렇게 부를 수밖에 없는 마인 리퍼의 떨리는 양손이 검을 고쳐 잡았다.

"후, 후고는, 이제 돌아올 수 없다. 조, 종신형…… 아니면 사형…… 또는 실험체……. 이젠 돌아올 수 없단 말이다, 내게…… 윽!! 그렇다면……! 이제……!! 내겐 아무것도 남지 않는다고!!"

포효와 함께 다시 검은 오라가 폭발했다.

검이 그의 발밑에 내리꽂혔다. 거대한 십자가가 컨테이너에 새겨지며 불타올랐다.

"열차 째로 날려주겠다!! 나와 함께 죽어라아아악!!"

제정신이 아니었다.

하지만.

그의 안에서 이치에 맞는 것이리라.

"이 자식…… 진짜로 할지도 모른다!"

"그런! 어떻게 할 수 없나요?!"

"윽……!"

이 상태의 리퍼에겐 카론의 사슬도 통하지 않는다. 다가가면 베일 것이다. 또 천장이 낮아질 기미도 없다.

어떠한 방도가 없었다.

자신들에겐 아무것도 없었다.

—그럴 수가. 이런 곳에서. 드디어 각오가 생겼는데.

여기서 끝나버릴 것이다.

비틀어지고 텅 빈 정의로 인해 박살날 것이다.

다시 친구와 마주할 일도 없이.

복수를 이룰 수도 없이.

『원리가 어떻든, 타천은 아주 드문 케이스다. 나도 거의 본 적이 없어. 악마에 빈 소원을 굉장히 강하게, 상당히 우직하게 의식하고, 매일 그것만 생각하는 정도가 아니면 일어나지 않는다』

—나의 복수에 대한 신념은 리퍼의 정의에도 미치지 못한 것이었나요?

『누가 나오든, 무슨 일이 일어나든 처음부터 아무것도 바뀌지 않았다. 네가 정말로 맞서야 할 상대는 누구지? 잘 생각해 봐라—』

『너의 적은 누구지?』

—저의 진짜 적을 간파하는 힘은…… 리퍼가 눈앞의 것을 보는 힘에 뒤처지나요?

아니야.

노엘의 심장이 뛰었다.

강하게.

—아니야. 절대 그럴 리 없어.

난 더는 속고 싶지 않아.

난 더는 틀리고 싶지 않아.

—난, 이제.

"도망치고 싶지 않아."

도망치는 건 끝.

싸울 시간이다.

터널 안에서 뻗어 나간 황금빛.

소용돌이치던 검은 오라를 가르고, **그것**은 리퍼를 겹겹이 동여맸다.

그건 사슬이었다.

카론이 언제나 소환하는 검붉은 사슬과도 닮았지만, 그것과 달리 어떠한 성스러움을 내뿜었다.

리퍼가 아무리 발버둥 쳐도 양날의 몸으로 베려고 해도, 황금빛 사슬은 느슨해지기는커녕 더욱 조였다.

"뭐, 뭐지, 이…… 사슬은! 어째서, 어째서 베이지 않는 거냐, 어……?!"

사슬은 우두둑 소리를 내며 자비 없이 단단히 조였다. 마침내 리퍼의 손에서 검이 떨어졌다.

카론의 사슬은 손쉽게 베고 부쉈던 그의 힘이, 그 사슬에는 완전히 통하지 않았다.

"……서, 설마, 악마가 아니라…… 마인이……?!"

눈앞에서 무슨 일이 일어난 것인지 이해가 되지 않은 건 카론도 마찬가지였다.

사슬이 내뿜는 눈부신 빛에 그는 순간 눈이 멀었다.

"무, 무슨 일이지?!"

"카론, 지금이에요! 리퍼를!!"

카론이 뒤돌았다.

그리고 깨달았다.

"아…… **알았다**!"

발톱이 달린 손을 펼치고 카론이 뛰었다.

"제길……. 제기라아알!! 노엘 체르케티이이이이이이이이이!!"

열차는 긴 터널을 빠져나왔다.

몇 개의 차량은 부자연스러울 정도로 너덜너덜했다. 수송 중에 사고에라도 휘말린 것처럼 보였다.

열차는 기절한 기동대원만을 태우고 가버렸다.

작은 역은 봉쇄되었고, 세 명 이외에 다른 사람의 기척도 없었다.

금빛 사슬도, 검붉은 오라를 감은 사슬도, 검은 폭풍우 같은 검의 기운도 없었다.

두 명의 마인과 한 명의 악마는 흔들리는 열차 위에서 떨어져, 너덜너덜해진 채 누워있었다.

처음에 움직인 것은 리퍼였다.

다음으로 정신이 든 노엘은 리퍼가 일어난 것을 보고 아연실색했다. 이 남자는 불사신인 걸까.

노엘은 주저앉은 채 움직일 수 없었다. 온몸이 무거웠기 때문이다. 한 번에 체력과 기력을 전부 써버렸다기보다— **뭔가**에 빨린 듯한 느낌이 들었다.

노엘의 곁엔 카론이 쓰러져 있었지만, 리퍼가 휘청휘청 다가오는 것을 보고 힘을 쥐어짜듯 일어섰다.

카론은 리퍼를 노려보며 태세를 갖췄지만…… 곧 그 긴장이 풀렸다.

"……어째서?"

리퍼에게서 전의가 떨어져 있었다. 귀신이 들린 것처럼 보이기도 했다. 얼굴색은 새파랬고, 녹색 눈은 자신 없는 듯 발밑을 보고 있었다.

"……어째서 네놈들은 모든 것을 버린 나를 이길 수 있었지?"

"……."

"타천까지 하며 관철하려고 한, 내 정의가…… 틀렸다는 것인가? 내 정의로는 후고를…… 구할 수 없다는 건가? 처음부터 난…… 전부 틀렸다, 그런 건가?"

"틀린 걸 알았다면 이제부터 바로잡으면 된다."

카론이 조용히 말하자, 고개를 숙인 채 리퍼가 미간을 찌푸렸다. 화난 게 아니라, 오히려 울먹이는 얼굴처럼 보였다.

"리퍼. 당신이 보머를 구하기 위해서 싸워야 할 상대는 우리가 아니에요."

리퍼가 시선만 옮기며 노엘을 바라보았다.

"……누구냐, 그건?"

"이제야 들을 마음이 생겼나. 시장 러셀 버로우즈. 너라면 눈치챌 기회도 있었을 거다. 아니, 이미 벌써 눈치챈 것 아니냐?"

"……."

"러셀 버로우즈는 악마를 도구나 수단이란 감각으로 소환하고 있다. 많은 마인을 이 라프라스에 풀어놓고 용무가 끝나면 처리하여 자신의 욕망을 계속해서 이루었지. 라프라스는 녀석에게 지켜지는 게 아니다. 지배되고, 착취되고 있다."

"……설령 알고 있었다 해도 그게 어떻다는 거지? 나 혼자서 도시 하나에 맞서 싸우라는 말이냐? 난 후고의 일만으로도 벅차다. 하지만 그 정의조차 통하지 않았다. 그런 선택을, 할 리가 없잖아."

여전히 그의 마음속에는 정의와 동생밖에 존재하지 않았다.

그 정의도 지금은 갈기갈기 찢기고, 동생도 법으로 인해 그에게서 갈라지게 되었다.

이대로라면 그는 정말로 빈껍데기가 되고 말 것이다.

"네놈들은 왜…… 그런 강한 선택을 할 수 있었지? 과거 친구조차 네놈들의 앞길을 가로막으려 한다. 마인은 차례차례로 덮쳐오고, 자기 편은 아무도 없다. 그런데 그걸 물리치면서까지 〈복수〉를 관철한다. 그뿐 아니라 그것을 물리침으로써 〈복수〉와 마주하다니……."

정말 말 그대로였다.

보통이라면 그런 아무런 희망도 없는 길을 지나간다는 건 생각할 수 없는 일이다.

하지만 노엘은 미소지었다.

지금의 노엘은 그 의문에 답할 수 있었다.

"그건 제가 파멸을 각오하고 복수하는 걸 선택했기 때문이에요. 〈피학의 마녀〉라서, 랄까요."

리퍼가 눈을 깜빡였다.

그리고 어깨를 떨어뜨리는 듯한 기세로 다시 고개를 숙였다.

"……나는 어차피 온몸을 강철의 정의로 감쌌을 뿐. **작은 세상** 속에서만 최강이었다.

알맹이는 병약하고 무지했던 그때 그대로…… 아무것도 바뀌지 않았어."

리퍼의 과거를 노엘은 모른다.

하지만 분명 큰일을 겪었을 것이다. 그렇지 않고선 인간을 포기할 만큼 각오하고, 동생을 마주하려고 하지 않았을 것이다.

"내가 졌다. 어서 죽여라."

그렇게 중얼거리는 그에게 이미 패기는 물론 아무것도 남지 않았다.

카론이 팔짱을 낀 팔을 풀고 가볍게 펼쳤다.

"이봐. 아직 네 정의가 쓰러뜨려야 할 상대는 남아있지 않은가?"

리퍼의 표정이 순간 바뀌었다.

"뭐, 뭐라고? 설마, 네놈들……."

노엘은 웃으며 그에게 다가갔다.

"함께 쓰러뜨려요, 러셀 버로우즈를. 저희의 적은 같은 인간이라구요."

"하, 하지만……."

"정의를 위해 모든 것을 버릴 수 있겠지? 보머도 아직 처형되지 않은 것 같더군. 이번엔 라프라스의 법을 버리면 되는 거 아닌가?"

이 악마는 보머의 탈옥을 도우라는 듯 부추기는 것 같았다. 역시 악마였다.

하지만 동생이라는 키워드는 그에게 절대적인 위력을 발휘했다.

그 녹색 눈이 당황한 듯 떨리는 것을 노엘과 카론은 처음 봤다.

"어떻게 하시겠어요, 리퍼?"

"……난 오스카 드레셀……이다."

그랬다.

그의 이름을 지금까지 몰랐다.

오스카는 노엘에게 상처투성이의 오른손을 내밀었다가, 다시 왼손으로 고쳐 내밀었다. 이 남자가 근본부터 올곧다는 것을 엿볼 수 있는 행동이었다.

노엘이 왼손을 들어 올린 그 순간.

퍼억, 하는 소리와 함께, 오스카가 날아갔다.

"어."

"더러운 손으로 노엘을 만지지 마."

시저. 그리고 질리안.

지쳤다고는 하지만, 오스카와 진지하게 마주했다고는 하지만. 두 사람이 나타난 것을 아무도 전혀 눈치채지 못했다.

시저는 오스카를 단 일격에 때려눕혔다. 피를 뿜으며 쓰러진 오스카를, 질리안은 정말로 더러운 벌레를 보는 듯한 눈으로 내려다보았다.

오스카에게 내뱉은 차분한 말에는, 검보다도 날카로운 살기와 분노가 서려 있었다.

그런데도, 뒤이어 노엘을 향해 웃는 얼굴은 그 나이에 걸맞은 명랑하고 순수한 것이었다.

"노엘, 괜찮아? 이런 놈한테 쫓기느라 힘들었겠다."

"지, 질리안……!"

"자, 봐. 복수 같은 건 녹록지 않아. 노엘에겐 이런 거친 일은 어울리지도 않고 필요 없어. 나만이 지켜줄 수 있다니까. 이제 알겠지?"

"커헉……, 뭐냐, 네놈, 은……."

오스카가 일어나려 했다.

그것을 본 질리안의 표정이 다시 홱 바뀌었다.

"뭐야, 아직 안 죽었어? 쓰레기 주제에 시끄럽네. 시저, 제대로 해치워 줘."

스윽하고 시저가 말없이 움직였다.

"그렇게는 안 된다!"

카론이 오스카의 앞에 버티고 섰다. 하지만 평소보다 훨씬 움직임이 둔했다.

시저는 태연하게 그 포학한 힘을 휘둘렀다. 오스카를 일격에 피투성이로 만든 힘. 그것은 카론도 손쉽게 때려눕혔다.

"크헉……!"

여기저기에 마인과 악마의 피가 튀었다.

질리안의 순백의 드레스에도, 푸른 장미 코사지에도, 노엘을 바라보는 얼굴에도 피.

"이제 괜찮아, 노엘. 난 노엘을 구하러 온 거야. 경찰이 노엘을 쫓는다고 들었으니까."

"……이런, 질리안, 너 대체 무슨 짓을……!"

"어? 안 기뻐? 이제 살았어, 노엘. 내가 안 왔으면 넌 지금쯤……."

"어머, 어머, 질리안, 너무 심했잖아?"

노엘이 들어본 적 없는 목소리가 갑자기 끼어들었다. 입을 다문 질리안이 순간 분한 듯한 얼굴을 했다.

"오스카가 나랑 같은 경찰 쪽 인간이라는 걸 까먹었니? 벌레가 아니니까 그렇게 쓱싹 죽여 버리면 좀 그렇지~."

노엘은 머릿속이 혼란스러웠다.

질리안이 갑자기 이 자리에 나타난 것만으로도 머리가 혼란스러운데, 새롭게 나타난 인물의 용모란 것이. 핑크 머리에, 진한 화장, 북실북실한 깃털 부채에 말투까지.

그래도 왠지 이해할 수 있던 건, 이 녀석도 『적』이라는 것이었다. 화려한 하얀 코트 아래에는 경찰 제복을 입고 있었다.

"너, 넌, 지노?!"

설마 카론도 아는 사람인 건가.

남자…… 아니, 여자? 아니다, 역시 남자. 말로는 질리안에게 주의 주고 있었지만, 오스카를 내려다보는 눈엔 딱히 걱정하는 기색이 없었다.

질리안은 태연히 대답했다.

"그치만, 제게 말씀하셨잖아요, 지노 씨. 이건 오스카의 독단적 행동이니까 해치워도 된다고."

"뭐~ 그렇긴 하지. 아니나 다를까 져버린 모양이고……."

지노라고 불리는 남자의 얼굴에 아주 조금 복잡한 표정이 떠올랐다.

"……하, 정말 옛날부터 시야 좁은 멍청한 녀석이란 말이야……."

노엘은 왠지 알 수 있었다. 지노와 오스카는 오랫동안 알고 지낸 사이이고…… 단순한 상사와 부하 관계가 아니었다. 언뜻 신랄하게 싫은 소리를 했지만, 그건 본심에서 우러나온 무시하는 말이 아니었다.

엄마가 아이에게 실망한 것 같은, 그런 느낌이었다.

미소를 지으며 오스카에게서 질리안으로 옮기는 시선이 어딘가 속 시원한 듯 보였다.

"질리안처럼 강한 아이가 있는 지금은, 이런 물고 늘어지는 미친개는 이제 필요 없겠네."

“그럼 역시 해치워도…….”

“안 된다고 했잖아. 경찰로서 하는 말이야.”

지노에겐 무서운 것 따윈 없는 것 같았다. 지금의 질리안에게조차 딱 잘라 말했다.

“어머, 카론, 오랜만♡ 납작 엎드려 있어서 못 봤잖아♡”

“……크흑.”

“질리안. 네 목적은 이 아이지?”

“네, 맞아요. 그 악마를 포획해서 돌아갈게요.”

“뭐……?!”

지노가 가리킨 건 카론이었고, 질리안이 지금 해충 보는 듯한 눈으로 노려본 것도 카론이었다.

“질리안, 카론을 어떻게 할 생각이죠?!”

“이 녀석이 곁에 있으니까, 자꾸 노엘이 잘못된 생각을 하는 거예요. 노엘에게 붙은 나쁜 벌레는 박멸해야죠. 이 녀석만 없어지면, 분명 다시 생각해줄 거지? 복수 같은 거 그만둘 거지? 포기할 거지? 그럴 수밖에 없을 걸, 그치?!”

“……그만해! 질리안, 내 얘기를…….”

“안 돼, 노엘. 이미 몸도 엉망인데 무리하지 마! 괜찮아, 이번엔 진짜 괜찮다니까!”

이 아이와 진지하게 마주하려 했다.

각오도 다졌다. 하지만…… 이루어지지 않았다.

질리안에겐 아무것도 들리지 않았다.

이래서야 본말전도다. 성심을 다해 지키려하는 친구의 이야기를 들으려하지도 않는다니.

"그럼, 지노 씨. 부탁합니다."

"네에♡ 카론은 우리 감옥에서 투옥하면, 내가 실컷 혼쭐을 내주고 나서 처형해둘게. 라프라스에 악마를 지키는 법률은 없거니와, 어떻게 하면 악마가 죽는지 실험해보는 것도 좋을 것 같거든."

지노도 정상적인 감성의 소유자는 아닌 것 같았다. 좋은 장난감을 받은 것처럼 즐거운 듯 지껄였다.

"너도 참 지독해졌구나, 지노. 하지만……. 누가, 너 같은 놈들한테…… 윽."

저항하려는 카론에게 시저가 가차 없이 주먹을 휘둘렀다.

망토 밖으로 나온 팔은, 하얀 옷을 입었고 하얀 날개에 덮였으며 날카로운 발톱을 갖고 있었다.

카론의 팔 색깔과는 완전히 반대였다.

"닥쳐라, **애송이**."

나직이 시저가 한 마디 중얼거렸다.

"카론!!"

카론의 팔에서 엄청난 피가 흘렀고 그는 축 늘어져 움직이지 않았다. 시저는 피로 새빨갛게 된 팔을 뻗어 카론의 목덜미를 아무렇지 않게 잡고는 질질 끌며 걸어갔다.

"기…… 기다려!!"

쫓아가려던 노엘의 앞을 지노가 가로막았다.

다시 보니, 꽤 키가 컸다. 체격도 단단했다. 정말로…… 저항할 수 없을 것 같은 체구였다.

"경찰로서 널 체포해버리고 싶지만."

"으……."

"지노 씨. 시장에겐 손대지 않겠다고 계약했지만, 당신은 아니에요. 노엘에게 가까이 가지 마세요. 만지지 마세요. 더 이상 관여하지도 마세요. 그렇지 않으면."

"아, 네네, 알았어요~. 농담이야, 농담! 그런 무서운 얼굴 하면 주름 생긴다?"

질리안은 지노에게 어떤 표정도 짓지 않았다— 아니, 오히려 적시했다. 버로우즈 쪽 인간이라곤 해도, 딱히 유대감 같은 건 없어 보였다.

지노도 부채로 입가를 가리며 살짝 불만을 흘렸다.

"으휴 정말, 질리안도, 러셀도, 이 애에 관해서라면 다들 정신이 팔린다니까. 이런 삐쩍 마른 애가 어디가 좋다는 거야…….”

“지노 씨. 이제 가요. 악마를 확보했으니, 이제 이곳에 볼일은 없습니다.”

“지, 질리안! 기다려!!!”

“몸조심해, 노엘. 누가 신고하기 전에, 여기를 벗어나는 게 좋을 거야. 그럼 이만!”

또 만나자라고 말할 듯한, 밝은 미소.

그것을 남기고 질리안은 노엘에게 등을 돌렸다.

“저기, 노엘♡”

커다란 몸집을 굽히며 지노가 간드러진 목소리로 노엘을 불렀다. 강한 향이 코를 찔렀다. 노엘도 잘 아는 브랜드 향수의 향. ……너무 많이 뿌렸다.

“그동안 악마와 함께하느라, 이젠 감각이 무뎌졌을지도 모르겠는데……. 라프라스 경찰을, 권력을, 이 이상 적으로 돌리면, 후회해도 소용없을 만큼 큰일을 당하게 될 거얼?”

“……!”

“네가 저지른 일에 대한 의미는, 잘 알고는 있지? 응?”

노엘은 아무 말도 할 수 없었다.

훨씬 연상의 어른, 부모나 선생님에게 진심으로 혼나는 것보다도— 훨씬…… 무섭다.

몸이 위축됐다. 지노에게는 악마나 마인과는 다른, 사나운 위압감과 공포를 느꼈다.

"더는 러셀 버로우즈에게 반항하는 건 그만해. 이게 상냥한 내가 주는 특별 서비스, 마지막 통보야."

"……."

"아무도 널 구해주지 않을 거야. 그야, 지명수배당할 정도의 범죄자인걸. 법조차 네 편이 아니야. 알겠어? 넌 여기서 지금 갈갈이 찢겨 죽는다 해도 문제없을 인간 쓰레기라구."

씨익하고.

그 진한 화장으로 꾸며진 얼굴이 일그러졌다.

법의 파수꾼이 띄우기에는 너무나도 사악한 미소였다.

"질리안을 봐서 이번만 놓아줄게. ……내가 여자 얼굴을 때리지 않게 도와 줄 거지?"

죽일 거다.

무슨 말을 해도, 무슨 짓을 해도.

단숨에 죽일 거다.

노엘의 본능이 그것을 뼈저리게 느꼈다. 노엘은 이미 호흡조차 할 수 없었다.

코트의 옷자락을 화려하게 휘날리며 지노도 노엘에게 등을 돌렸다.

"웃흥♡ 그럼 차오[#3]~!"

질리안도, 카론도. 이미 저 멀리 가버렸다.

"기, 기다……."

노엘의 입에서는, 떨리는 작은 목소리밖에 나오지 않았다.

"얘, 얘기, 얘기를,"

질리안에게 들릴 리 없는 작은 목소리.

그리고 질리안은 더는 뒤돌아보지 않았다.

"……질리안!!"

주변에는 아무도 없는 것 같았다. 피바다에 누워있는 오스카는 더는 움직이지 않았다.

겨우 노엘의 입에서 비명과도 같은 목소리가 튀어나왔다.

"안 돼, 카론을 데려가지 마! 질리안!!"

단 한 명뿐인, 둘도 없이 소중한 파트너도.

더는 없었다.

더는 보이지 않았다.

노엘 체르퀘티의 곁에는 이렇게 아무도 남지 않았다.

#3 차오 이탈리아의 인사말. 안녕이라는 뜻이다.

어딘지 아무도 모르는, 습한 어둠 속.

쥐가 잠깐 냄새를 맡았지만, 이윽고 어딘가로 사라졌다. 여기에는 쥐가 먹을 만한 것조차 떨어져 있지 않았다.

젊은 남자의 숨이 하나, 어둠에 녹아들었다.

"오늘도 안 온 건가. 매일 끈질길 정도로 바보처럼 보러오더니……. 아아. 그런 형이라도 오면 심심하진 않았을 텐데……."

침묵.

아무 소리도 들리지 않았다.

하지만.

"……뭔가 위에서 움직이고 있군. 수상한데……. 형……은 아닌 것 같고……."

남자의 귀에 뭔가가 들린 것 같았다. 혹은 어떤 움직임의 낌새를 느낀 것인가.

그는 어둠 속을 걸어가 차가운 쇠창살 앞에 섰다.

단정한 얼굴이었지만, 흉한 화상 흉터로 엉망이 돼 있었다.

크크큭. 그가 사납게 웃었다.

"너희들이냐? 노엘 체르퀘티, 카론……."

NOEL the mortal fate

Movement2 falling down

The banks of the Acheron 2

이 라프라스에서.

완전한 노숙을 하고 말았다.

제법 큰 규모의 도시인, 중심가에는 숙박 시설이 무수히 많은 이 라프라스에서.

이렇게까지 완벽한 노숙을 하게 될 줄이야.

난 상관없지만, 풍족한 생활을 보내온 인간 아가씨에겐 혹독하겠지. 호되게 불만을 들었지만, 어쩔 수 없었다.

……난, 이제 걸을 수 없었다.

마인 〈리퍼〉와의 싸움은 더할 나위 없이 치열했다. 이런 싸움은 오랫동안 살아온 나도 경험한 적 없었다.

게다가 다른 대악마와도 싸워야 하는 처지가 됐다.

노숙뿐만 아니라, 노엘 체르퀘티라는 소녀에게는 혹독한 날들이 이어지고 있었다.

오늘의 식사는 물과 초콜릿 바 하나뿐……. 그리고 노숙으론, 인간은 만족스럽게 체력을 회복시킬 수 없다.

이대로라면 내일 하루도 버틸 수 없다. 이 꼬맹이를 업고 이동하게 되고 말 거다.

상황은 시간이 갈수록 악화하고 있었다.

만약……, 만약.

이번에 러셀에게 복수를 이루지 못하고 끝나버린다면.

계약불이행이라는 결말을 맞이하게 된다면.

난—.

"……."

고개를 가로저었다. 이 이상 비관적인 것만 생각하는 건 비건설적이다.

무엇보다도…… 비관적으로 생각하고 소극적이 된 노엘을 격려한 본인이 이제 와서 이런 모습을 보이다니 웃기지도 않는다.

『잘 생각해 봐라. 너의 적은 누구지?』

『저의 적은…… 러셀 버로우즈에요!』

나도 질리안 리트너가 적이 될 줄은 예상하지 못했다.

—하지만, 노엘. ……친구가 적이 된 순간의 기분은, 이해할 수 있었다.

내 경우, 스스로 적이 된 것이지만.

러셀 버로우즈. 오만하게도 악마와의 계약의 〈대가〉를 떼먹으려는 남자.

아니……. 괴물인가.

내가 키운 악마는 이제 나를 뒤쫓고 있다.

나를 소환한 직후의 러셀은 어딜 봐도 나약한 겁쟁이이자 일개 인간에 지나지 않았다. 설마 이렇게 될 줄이야.

설마라고 한다면, 질리안도 마찬가지였다.

『내가 구해 **줄** 수밖에 없다고, 나**밖에** 널 구해줄 수 없다고, 병원 침대에서 그렇게 생각한 거야!』

『나밖에 널 구할 수 있는 사람은 없으니까. 넌 나를 폭탄마에게서 구해주었는걸. 나에게만 은혜를 갚을 권리가 있는 거야.』

『그렇지! 그럼 그래야지. 정말 기쁘다! 나도 같은 마음인걸! 고마워, 노엘! 역시 우린 친구야!』

난 아연한 채 그 아이의 정신 나간 소리를 듣고 있을 수밖에 없었다.

일단 노엘을 염려하는 듯 들렸다. 하지만 결코 그렇지 않았다.

그렇게나 **제멋대로**인 것을, 일방적으로 뻔뻔히 거짓말을 늘어놓을 수 있다니, 완전히 이상했다.

게다가…… 외부보조식에 의한 구속이 필요할 정도의 대악마와 계약할 줄이야…….

질리안이란 소녀가 노엘 앞에서 어떤 성격을 보였는지 난 잘 모른다. 하지만 단언할 수 있는 건 그게 그 녀석의 『본성』이라는 것이다.

아마 그것을 지적하면…… 노엘은 화내겠지. 이 꼬맹이 속에서, 질리안은 아직 유일무이한 친구다.

그렇다면, 지금 노엘 마음속은 「설마」라는 의문과 놀라움으로 가득 차 있을 것이다.

이 세상은—.

특히 인간 세상은.

도무지 말도 안 되게 이상하고, 다음에 무슨 일이 일어날지 전혀 감이 오지 않는다. 논리와 이론이 통하지 않고, 손바닥 뒤집듯 쉽게 바뀌었다.

러셀과 함께하기 시작하면서부터 난 그것을 즐기게 되었다.

이 세상 속은 악마의 마음도 바꿔버렸다.

어리석은 인간을 업신여기고, 비웃고, 타락시켜, 대가로 괴로워하는 모습을 재미로 삼는다. 그것이 원래 악마이지만, 지금의 난 어떠한가.

이 어리석고 나약한 꼬맹이와 함께하고 있다.

나 또한 친구에게 배신당하고 상처받았다.

"……으……."

갑자기 노엘이 신음소리를 내고 꼼지락거리며 불편한 듯 뒤척였다.

"……질리안……."

아무래도 나쁜 꿈을 꾸고 있는 것 같았다.

전에도 이런 일이 있었다. 자는 얼굴을 바라보면, 노엘이 가위에 눌려 잠꼬대를 한 적이. 악마가 자는 얼굴을 봐서 꿈자리가 나빠지는 건가. ……일리 있는 얘기였다.

난 일어나서 노엘에게서 조금 떨어져 주변을 살폈다.

라프라스 교외는 산이 많아서, 손을 대지 않은 황야가 펼쳐져 있었다.

어둠 속에서 희미하게 보이는 철교를 건너면 거기부터는 이제 라프라스 밖이다.

상황을 고려한다면, 일단 라프라스를 벗어나, 두 사람 모두 제대로 몸을 쉬는 게 좋을 것이다.

나라 밖으로만 나가지 않으면, TV나 라디오로 라프라스의 상황은 바로 파악할 수 있다.

나는 몸 상태를 확인했다. 출혈은 완전히 멈췄다. 만져도 그리 아프지 않았다. 몸을 조금 비틀자…… 아니, 생각보다 아프다. 이틀은 안정하며 쉬고 싶은 심경이다.

……하지만.

내일 노엘에게 물어보겠지만. 아마 이 꼬맹이는 라프라스에 머물며 계속해서 싸우는 길을 선택하겠지.

그 생각에 이르자, 나는 자연스럽게 미소가 지어졌다.

노엘은 질리안과 대치하는 것을 망설이며, 복수의 길을 포기하려고 했다.

그리고 난 이 꼬맹이의 마음의 상처와 추억을 헤집어— **부추겼다.**

—그렇게 말할 수밖에 없겠지.

『질리안은 또다시 **이용당하고 있다**는 거다. 질리안의 의사 같은 건, 이번엔 중요하지 않아』

『넌 지금도 러셀 버로우즈의 손바닥 안이라는 거다』

『러셀 버로우즈가 고용한 인간들이 어떻게 됐지? 보머는? 시빌라는? 지금 행복한 날들을 보내고 있나? —그렇다면……, 질리안은 어떻게 될 거 같나?』

『너희를 갖고 논 러셀 버로우즈를 용서하지 마라. 쓰러뜨려. 지금은 녀석의 도구가 된 질리안에 저항해라』

『다치게 해서라도 싸우지 않으면, 그 여자아이도 러셀에게 먹히고 말 뿐이다. ……그렇게 강한 대악마와 계약했다. 이미 그 영혼은 깎였을 거다. 너와 마찬가지다— **지불하지 않아도 될 대가를 지불했다**』

『그런 걸 용서할 리가 없죠!』

『알겠어요. 전 제 복수를 관철하겠어요』

어떻게 비웃을 수 있겠는가? 이 순진무구한 복수자를.

어떻게 단언할 수 있겠는가? 이 꼬맹이는 악마에게 꼬임에 넘어가 각오한 것이다, 라고.

인간의 마음은 종잡을 수가 없다. 설마 하는 사태가 자주 일어난다.

내가 말한 것은 위선도 아닌 그저 단순한 감언일지도 모른다. 내가 한 건, 러셀이 반복하는 악행과 다르지 않을지도 모른다.

하지만 노엘은 분명 순수하게 마음을 돌렸을 것이다.

러셀만큼은 아니지만, 긴 시간을 함께하고 있다. 게다가 이 꼬맹이의 마음은 단순하다. 근거는 없지만 난 알 수 있었다. 노엘은 이제 망설이지 않을 거라고.

그렇다면…… 내가 해야 할 일은?

이 세상 속 부정의 개념, 인간과의 〈계약〉에 의해 성립한, 〈계약〉에 따라 구속당한 존재.

—난, 내 계약을 관철한다.

이 꼬맹이가 복수를 이루고,

러셀이 대가를 지불하도록 한다.

—난, 도망치지 않는다.

별이 움직이는 소리조차 들리지 않는 정적이 흐른다.

라프라스. 이 도시의 정적에서 도망치는 것은 아쉽다.

난 여기가 마음에 들었다.

나도 노엘도, 도망치지 않는다.

■ 원작자 후기

원작 게임을 제작한 카나오라고 합니다. 소설판 『피학의 노엘』 제2권을 손에 쥐어주셔서 감사합니다.

1권에 이어 2권도 무사히 나와서 한시름 놓았습니다. 그리고 동시에 『피학의 노엘』이 장편이 되어가는 것에 저 자신도 약간 놀라고 있습니다.

전작인 『허백의 꿈』의 노벨라이즈가 1권으로 완결했고, 거기다 집필도 모로쿠치 선생님에, 페이지 수가 소설판 『피학의 노엘』 시리즈보다 곱절 많은 정도라고 생각하면, 2권이 나온 시점에서 이미 『허백의 꿈』 1권 분량을 넘게 됩니다.

원작 게임의 플레이 시간을 생각해 봐도 『허백의 꿈』은 탐색 파트를 포함하여 4~5시간 정도, 『피학의 노엘』은 Season1부터 이번에 수록된 Season4까지의 시점까지, 역시 5시간 정도. 그렇지만 『피학의 노엘』은 아직 끝날 기미가 보이지 않습니다.

실은, 제작 당시 마침 Season3의 제작 단계 즈음에서, 전 4화 예정인 중편 구성에서 장편 구성으로 방향 전환을 하고 있었습니다. 물론, 계기는 전파미니코게임 매거진 편집부의 의뢰도 일정 부분 있었지만, 애초에 이 세계관으로 그릴 수 있는 것, 그리고 싶은 것이 아직 많이 있었기 때문에 딱히 억지로 한다는 느낌 없이, 이어갈 수 있지 않았나 싶습니다.

그러기 위해서, 특히 오스카가 등장한 부분부터는 시나리오는 장편을 의식하면서 썼고, 이야기를 주제에 따라 압축하여 정리하는 게 아니라, 주제를 벗어나지 않는 선에서 굉장히 화려하게 고조시키는 방향으로 바뀌었습니다.

만약『피학의 노엘』이 4화 완결로 구성된 이야기였다면, 노엘과 카론 콤비를 그리는 것만으로도 벅차서 오스카나 지노는 등장하지 않았을 거고, 보머에게 다시 초점을 맞출 여유도 없었을 겁니다. 이제 와서는 생각할 수도 없는 일이지만요.

현시점에서 원작은 Season7이 최신화입니다만, 지금 제가 보고 있는『피학의 노엘』이라는 작품의 전망과 미래는, 예전 4화 구성으로는 어떻게 해도 실현 불가능한 규모가 되었습니다.

그건 볼륨이라는 의미에서도 그렇고, 저 자신이 하나의 이야기에 깊이 파고드는 능력이라는 의미로도 그렇습니다. 저 자신도 원작을 새롭게 하나 쌓아갈 때마다『피학의 노엘』의 주제와 다시 마주하고, 작품에 필요한 부분을 찾아내, 열중하면서 세계를 만들고 있습니다.

분명 제 능력이 올라가면 올라갈수록 『피학의 노엘』에서 그릴 수 있는 것도 늘어가겠지요.

그렇긴 해도, 작품의 주제나 제작 초기에 정한 「이야기 전체의 결말」이 도중에 바뀔 일은 없습니다. 거기를 손대면 역시 다른 작품이 되어버릴 테니까요. 그 점은 부디 안심하시고 언젠가 찾아올 완결의 날까지, 저와 함께 즐겁게 달려주시면 좋겠습니다.

카나오

■작가 후기

안녕하세요. 본문 집필 담당 모로쿠치 마사미입니다. 1권 이후로 조금 시간이 지나버렸습니다만, 『피학의 노엘』 노벨라이즈 2권을 보내드립니다.

이번은 Season3와 Season4에 해당하는 내용을 쓰게 되었습니다. Season4는 그거에요. 예의 형이 나온다구요.

팬북 인기 투표에서 그의 동생이 주인공 두 사람을 제치고 제1위가 된 것을, 전 알고 있었습니다. 게다가 그 팬북을 위해서 이 형제를 다룬 단편을 새로 썼습니다(노골적인 선전이지만, 이쪽도 잘 부탁해요).

최근 몇 달간 제 생활은 전부 드레셀 형제였습니다.

1권 후기에서 역설한 인간 외의 것(人外)×소녀와 달리, 형제 소재는 딱히 좋아하지도 싫어하지도 않는다……고 생각했는데, 직접 써보니 다르다는 걸 깨닫게 되었습니다.

머릿속이 동생으로 가득한 형은, 써보니 즐거웠던 것입니다. 이 노벨라이즈에서는 형의 동생에 대한 사랑이 게임 본편보다 10%

정도 증가했을 겁니다.

그리고 얀데레[#4]를 좋아하기 때문에, 질리안 내용도 쓰면서 즐거웠어요. Season3를 플레이하고, 질리안이 그 장면에서 나왔을 땐 깜짝 놀랐습니다. 그 후의 언동에도.

하지만 Season4의 라스트에서 카론이 끌려가 버리고, 노엘이 외톨이가 됐을 때도 깜짝 놀랐습니다. 곁에 반 시체인 형밖에 없는, 그 절망감은 엄청난 것이었을 겁니다. 이 게임은 매회 맺고 끊음이 대단한 것 같아요…….

2권의 서브타이틀인 falling down에는 「낙하」, 「추락」, 「타락」 등 다양한 뜻이 있지만, 「타천」이라는 의미로 사용하는 경우도 있다고 합니다.

게임에서는 중요한 요소인 〈타천〉이 첫 등장하는 권이고, 이번에 노엘과 카론은 여러 의미로 떨어지기만 하는 상황에 처한 것도 있어서 서브타이틀로 정하게 됐습니다.

이 후기 집필 시점에서, 게임 본편은 Season7까지 공개되었습니다. 매번 엄청난 일들이 벌어지고 끝나버리는 게임이지만, Season7도 역시 엄청난 일이 벌어지고 끝나버렸습니다…….

앞으로 이야기가 어떻게 진행될지 여전히 저도 예상이 되지 않습니다. 노엘과 카론의 복수의 행방도, 드레셀 형제의 앞날도 기

#4 얀데레 어떠한 사람에게 비상식적이고 병적으로 집착하는 것. 또는 그런 사람.

대하고 있습니다.

그리고 『피학의 노엘』 팬 여러분에게 이 노벨라이즈의 뒷이야기도 기대되는 작품이 될 수 있도록 앞으로도 전력을 다해 집필에 임하겠습니다.

2018년 2월 모일 모로쿠치 마사미 올림

피학의 노엘 Movement 2

초판 1쇄 발행 2020년 1월 10일

지은이_ Masami Molockchi
일러스트_ Kanawo
편집협력_ Hotate Inaba / Game Magazine 편집부
옮긴이_ 안수지

발행인_ 신현호
편집장_ 김은주
편집진행_ 최은진 · 김기준 · 김승신 · 원현선 · 권세라
편집디자인_ 양우연
국제업무_ 정아라 · 전은지
관리 · 영업_ 김민원 · 조은걸 · 조인희

펴낸곳_ (주)디앤씨미디어
등록_ 2002년 4월 25일 제20-260호
주소_ 서울시 구로구 디지털로 26길 111 JnK디지털타워 503호
전화_ 02-333-2513(대표)
팩시밀리_ 02-333-2514
이메일_ lnovelpiya@naver.com
L노벨 공식 카페_ http://cafe.naver.com/lnovel11

HIGYAKU NO NOEL Movement 2 – falling down

ISBN 979-11-278-5393-8 04830
ISBN 979-11-278-5271-9 (세트)

값 9,000원

라스트 라운드 아서스 1권

히츠지 타로 지음 | 하이무라 키요타카 일러스트 | 최승원 옮김

모든 면에서 타고난 능력이 지나치게 뛰어났던 탓에
공허한 나날을 보내고 있던 마가미 린타로.
무료함을 달래기 위해 일부러 『최약』이라 불리는
루나 아르투르의 진영에 가세해, 다가오는 위기에서 세계를 구할
진정한 아서 왕을 정하는 《아서 왕 계승전》에 참가하게 되지만…….
"내 엑스칼리버는…… 팔아서 돈으로 바꿨으니까."
루나는 성검을 팔아치우거나, 소환한 《기사》 케이 경을 코스프레시켜서
이용해먹기까지 하는 문제아였다!
그러나 절망적인 위기에 처했을 때
루나는 린타로조차 인정할 수밖에 없는 강함을 보여주는데—.

새로운 아서 왕 전설이 여기서 시작된다!

라이트노벨의 새로운 빛! L노벨의 신간은 매월 10일에 발매됩니다. http://cafe.naver.com/lnovel11

NOVEL

© Yomu Mishima 2017
Illustration Tomozo

세븐스 1~5권

미시마 요무 지음 | 토모조 일러스트 | 이경인 옮김

여신을 숭배하고, 검과 마법이 존재하는 세계에서
영주 귀족의 장남으로 태어난 라이엘은 15세에 집에서 쫓겨난다.
이유는— 여동생 세레스에게 패했기 때문에.
과거에는 천재, 기린아라 칭송을 받던 라이엘은
세레스의 영향으로 서서히 냉대를 받으며 연금 생활을 보냈다.
상처 받은 라이엘은 저택 뜰에 살던 노인에게
구조를 받아 보옥이 달린 목걸이를 받는다.
노인이 선대— 라이엘의 조부에게서 맡아놓은,
【아츠】가 기록된 푸른 옥은 월트가의 가보라고 할 수 있는 것이었다.
역대 당주 7인의 아츠가 기록된 보옥을 받은 라이엘은
그것을 갖고 저택을 나서는데—.

아라포 현자의 이세계 생활 일기 1~6권

코토부키 야스키요 지음 | JohnDee 일러스트 | 김장준 옮김

정리해고 당한 후, 매일 밭을 돌보며 『제로스 멀린』으로서
게임에 빠져 살던 백수 아저씨, 오사코 사토시(40세).
오리지널 마법을 만들어 명실상부 톱 플레이어가 된 그는
최종 보스를 무난하게 공략하지만
로그인 중 발생한 어떤 사고로 생을 마감한다.
그는 홀로 죽었다고 생각했지만,
정신을 차리고 보니 거대한 산림 지대의 한가운데에 서 있었다.
이세계 여신의 말에 따르면 그는 게임 속 능력을 이어받아 전생했다고 한다.
대산림 지대에서 서바이벌을 거치고 전(前) 공작 노인과 만난 제로스는
현자로서 능력을 인정받아 마법을 쓰지 못하는 소녀의
가정교사 일을 의뢰받는데—?!
"나는 평온한 일상이 인생의 모토인데……."

마흔 살 현자의 이세계 생활 일기 개시!

NOVEL

라이트노벨의 새로운 빛! L노벨의 신간은 매월 10일에 발매됩니다. http://cafe.naver.com/lnovel11